崔兴国

迎难而上，将困难化作成长的阶梯

追求极致，用创新带动品质的提升

“大国工匠人物传”丛书

崔兴国

挑战水电行业的『珠穆朗玛峰』

叶浅韵◎著

中国工人出版社

图书在版编目（CIP）数据

崔兴国：挑战水电行业的“珠穆朗玛峰”/叶浅韵著. -- 北京：中国工人出版社，2025. 7. --ISBN 978-7-5008-8684-6

Ⅰ. 125

中国国家版本馆CIP数据核字第2025EQ5707号

崔兴国：挑战水电行业的“珠穆朗玛峰”

出 版 人	董　宽
责任编辑	葛忠雨
责任校对	张　彦
责任印制	黄　丽
出版发行	中国工人出版社
地　　址	北京市东城区鼓楼外大街45号　邮编：100120
网　　址	http://www.wp-china.com
电　　话	（010）62005043（总编室） （010）62005039（印制管理中心） （010）62379038（社科文艺分社）
发行热线	（010）82029051　62383056
经　　销	各地书店
印　　刷	宝蕾元仁浩（天津）印刷有限公司
开　　本	880毫米×1230毫米　1/32
印　　张	5.5
字　　数	93千字
版　　次	2025年9月第1版　2025年9月第1次印刷
定　　价	49.00元

国之大者，工匠先行

——“大国工匠人物传”丛书总序

在中华全国总工会成立100周年之际，全国总工会宣传教育部、中国报告文学学会、中国工人出版社联合开展了“文艺工作者走基层”活动，推出“大国工匠人物传”丛书，向全国总工会献礼，向广大劳动者致敬！

“知者创物，巧者述之守之，世谓之工。百工之事，皆圣人之作也。”这是中国所见年代最早的关于手工业技术文献《考工记》中对工匠的记载。“工”之责在于造物，“匠”者为能工鼎识者也。

幼时，老家云南昆明大板桥的老街上，从南头到北头，都是大大小小的手艺人，木匠、石匠、焗匠、骟匠、竹篾匠、鞋匠、箍桶匠……空气中飘荡着木匠的刨花香和石匠敲打出来的粉尘，充满着焗匠手中皮带的“吱扭扭”声、骟匠刀下小猪猡的闷哼、箍桶匠皮锤不轻不重的敲击声。老街上的竹篾匠是我的一个表姨夫，他来自四川，有着一手出神入化的编造竹篾手艺。粗壮的毛竹是表姨夫手中的“百万雄兵”，在一把锋利无比的刀的指挥下，被劈成厚薄、粗细不一的篾。表姨夫的本领仅次于撒豆成兵的天神，他能化篾成物，一般家里能见到、用到的器物，他都能用竹篾编出来。母亲曾命我在老街上买一个暖水瓶的内胆，然后去表姨夫的摊位上，坐等他为暖水瓶胆编制一件竹制的外壳。那个暖水瓶至今还在我家老屋的一个角落里。竹篾壳早已被岁月包了浆，虽然久不使用，却依然油润、红亮。这便是我幼时对匠人的记忆。

五千多年的中华历史长河中，涌现出了无数能工巧匠，他们或如明月光照，或如星河璀璨。一代代薪火相传的工匠精神，不仅成就了那些流芳百世的绝世建筑与器物，更是烛照我们通向文明现代化进程的精神之光，是我们文化的自信心、民族的根与魂。

从“嫦娥”探月到“祝融”探火，从“北斗”组网到“蛟龙”深潜，从港珠澳大桥横跨三地到大兴国际机场凤凰腾飞……这些挺起中华民族脊梁的大国重器、世纪工程背后，无不凝聚着万千工匠的心血和汗水，映照着工匠们孜孜以求、拼搏奋进的身影。

本套丛书收录的是全国总工会历年评选出的大国工匠

的人物传记。他们当中有焊接高铁的“工人院士”李万君、打破国外高端设备维修垄断的王树军、让中国锻件立于世界之巅的刘伯鸣、“人刀合一”的顶级钳工李凯军、在高空“穿针引线”的竺士杰、油田里的创新能手刘丽、了不起的“钢铁裁缝”艾爱国、数控机床上的“雕刻师”孟维、让三星堆文物“活”起来的郭汉中……他们有的是传统加工业的锻造者，为了突破技术瓶颈精益求精；有的是新兴制造业的探路者，为了实现精密制造巧思妙想；有的是军工行业的铸剑者，为了打造国之重器默默坚守；有的是民间手工艺的守护者，为了传承非遗文化精雕细琢……他们奋战在国防军工、装备制造、传统工艺等行业的第一线，以久久为功的钻研和创新，造就了一个个传奇。

这些杰出的工匠，尽管行业不同、岗位不一，成长经历各异，但他们都有着爱党爱国、敬业奉献、创新争先的优秀品质。他们耐得住清贫与寂寞，用灵巧的双手和精湛的技艺，数十年如一日地在平凡的岗位上雕琢自己心中的梦想，以实际行动诠释着“执着专注、精益求精、一丝不苟、追求卓越”的工匠精神。“天下大事，必作于细。”工匠精神既是中华民族技艺世代传承的价值理念，又是中国开启新征程，从制造业大国迈向制造业强国的时代需要。

“大国工匠是我们中华民族大厦的基石、栋梁。”2024年3月5日，习近平总书记参加十四届全国人大二次会议江苏代表团审议时强调“树立工匠精神”，指出“没有金刚钻，揽不了瓷器活”，要“把第一线的大国工匠一批一批培养出来”。党的十八大以来，习近平总书记对建设高素质劳动大军高度重视，强调“当代工人不仅要有力量，还要有智慧、有技术，能发明、会创新，以实际行动奏响时代主旋律”，深刻阐述工匠精神“执着专注、精益求精、一丝不苟、追求卓越”的内涵要义，号召全社会弘扬工匠精神，“为全面建设社会主义现代化国家、实现中华民族伟大复兴的中国梦提供有力人才和技能支撑”。

“匠心聚，百业兴。”无论是传统产业，还是新兴产业、未来产业，大国工匠在发展新质生产力的历史进程中不可或缺。随着经济发展方式转型和产业结构升级，中国要实现由制造大国向制造强国的转变，实现由中国制造向中国创造的跨越，离不开广大劳动者的创新和创造，更离不开对工匠精神的继承和发扬，于是呼唤更多大国工匠成为时代强音。

文艺是时代进步的号角，最能代表一个时代的风貌，最能引领一个时代的风气。中国报告文学学会、中国工人出版社联袂推出“大国工匠人物传”丛书，以图书的形式为大国工匠树碑立传，让他们的故事和精神具有更广泛的交流传播价值和长久的史料价值。本套丛书的写作者奔赴大国工匠生活的城市，深入大国工匠工作的厂区、车间、工作室，获取了全面细致的第一手材料，最终将大国工匠的成长、成才故事呈现在读者面前。

“大国工匠人物传”丛书讲述的是个人奋斗史，也描绘出大国工匠的群体形象。可以说，这套丛书是目前国内系统研究众多大国工匠人生轨迹的权威读本，既有对每位大国工匠的整体介绍和事迹梳理，又有具体的事件、案例，全面、生动地展示了大国工匠各个人生时期的工作和生活状态。

新时代是奋斗者的时代，中国式现代化建设新征程这一宏伟事业为广大工匠技能人才成就梦想提供了广阔舞台。每位劳动者都是主角，都可以成为工匠精神的践行者。大国工匠是新时代的最美奋斗者，更是和平年代当之无愧的英雄。

国之大者，工匠先行，向着中华民族伟大复兴的目标砥砺奋进，行稳致远。

是以为序。

目 录

第一章

141 步的工作活动半径

从“大件公路零公里”标志开始到崔兴国大师工作室末端，用脚丈量有 141 步，这是崔兴国 30 余年来的工作活动半径，也是他从一名学徒成长为大国工匠的原点和起点。2024 年 12 月 6 日，这是他去上海学习回来的第一个上班日，也是我与他相约采访见面的第一天。他早早就到酒店大堂接我，进入厂区需要提前报备，刷身份证，人脸验证。公事公办的程序，让我深刻感知东方电气集团的管理章法。

崔兴国戴上安全帽，照例先巡查工作现场。他推门出去，我在大师工作室参观满墙壁的成果和荣誉，感觉进入了一个技术王国。我像一个对新领域有着极大兴致的初入门学生，驻足阅读文字和图片，被“大国工匠”的精神感染，也被“中国制造”的自豪感包围。

工作室外是隆隆的机器轰鸣声，即使关上门也有震耳之感。工人们正在各自的操作台与各种工具和产品“亲密接触”，崔兴国像风一样，悄无声息地走近、观察、离开。二十几分钟后，他笑眯眯地推门进来说：“离开了8天，我是想好好表扬一下大家的工作成果，其实也是想多提要求的。冬天了，作业面上登高、用电等各种施工都有可能存在安全隐患，如果现场环境管理不够好，出现任何一点闪失……每个人的身后都是一个家庭，我们输不起啊！”

厂房里各种工具摆放整齐，大物件、小物件有秩序地排放着。崔兴国说，从前的装配和修理现场，各种工具杂乱无章，要在大大小小的工具中换寻另一种，实在有些浪费时间。他和团队就发明了一个工具箱，专门用于收纳和整理，那些钳子、扳手、管子们就有了自己的“家”，这大大提高了工作的效率。由小及大，各个工作台面实行精细化管理。曾有一个客户，因为看到厂房的井然有序，立

2019 年 1 月，世界首台百万千瓦转轮平衡完工后崔兴国（中）与团队合影留念

即就下了订单。对方给出的理由是，能把机械车间搞得如此干净整洁，还有什么不能信任的呢。

厂房中门的地面上，有一块形似井盖的黄铜色圆形铭牌，上面刻有“大件公路零公里”，中间凸起的是大大的阿拉伯数字“0”。别小看了这个标志，它可是有历史背景的。1958 年，四川德阳被列为重型机械、动力设备制造工业基地。全国范围内的三线建设如火如荼地展开了，大批人才从四面八方汹涌而来，东北、西南、西北、华东，从城市到乡村，从农民到学生，他们怀揣梦想来到这里。德阳迎来了前所未有的发展机遇，国家投入大量人力、财力、物力，计划将德阳县（今德阳市）打造为国内第三个重工业基地。

彼时的德阳，还是一个基础设施薄弱的农业小县城。随着大批重工业企业落户德阳：1966 年底，东方电机厂初步建成；1971 年底，第二重型机器厂全面投入生产；到了 1974 年，东方汽轮机厂也已全部建成并投入使用。从此德阳重工业集结号吹响了，大国重器的“筑梦工厂”开始在这里生根、发芽、开花，一列列满载“德阳制造”产品的列车走出四川，创造了无数辉煌的战果。经过持续的投入和发展，德阳完成了工业化的华丽蜕变，1983 年，德阳县顺利升级为德阳市，并有了“重装之都”的美誉。

城市工业化进程的大力推进，也带来了一个实际问题。由于当时的一些大型机械设备无法通过常规的运输方式（如宝成铁路、川陕公路等）进行运输，1984年，四川省为支持和发展德阳重装基地，修建了从德阳至乐山岷江码头的专用重载公路——大件公路。该公路于1990年投入使用，全长246公里，初期载荷标准为720吨，后提升至1300吨，成为德阳二重、东方电气、东方汽轮机等企业生产的大型产品运输的重要通道。这条公路在我国的国民经济建设中发挥了重要的作用。通过大件公路运输的“国之重器”包括三峡机组、溪洛渡机组、白鹤滩机组及华龙一号核能发电机等大型发电设备。

随着以德阳为核心的重型机械工业体系不断蓬勃发展，规模日益壮大，它与哈尔滨、上海并肩，共同构筑起中国重型机械、发电设备制造业的“三足鼎立”格局。这一格局的形成，像一颗关键的棋子，巧妙地嵌入中国经济发展的宏大棋局之中，对经济发展布局产生了极为深远的影响，重塑了产业版图，推动着中国工业迈向新的高度。这一个看似不起眼的标志牌，不仅是地理意义上的起点，更是中国重工业发展征程的生动注脚，它承载着过去，也昭示着未来，激励着一代又一代中国人紧紧地团结在一起，哪里需要就奔赴哪里，用热血和脊梁托举民族复兴的光荣任务。

1958年10月13日，德阳水力发电设备厂破土动工时，《四川日报》曾以“目前规模我国最大、将来产品世界称雄——重型机器厂水轮发电设备制造厂在本省动工兴建”详细报道了这一历史时刻，同时也赋予了这座新生工厂一个艰巨而光荣的历史重任——世界称雄。那时，崔兴国还没有出生，这座正在茁壮成长的工厂是很多人理想的载体。坊间曾这么羡慕和传颂工人们的好日子：吃皇粮，穿花衣裳。他们操着不同的口音，为了共同的梦想，建设新的家园，薪火相传，前赴后继。许多理想可能被风吹干了，而这一个理想被一代又一代水机人实现了。水机人，这是崔兴国给自己和工友们戴上的最合适的帽子。是他们压在安全帽之下的礼帽，如今他们可以在任何一个场合拍着胸脯对人说：我们是水机人！

我戴上安全帽，瞬间觉得自己沾上了“工程师”之光，然后随着崔兴国大师参观重跨厂房的工作台面。整洁有序的偌大厂房空间，工人们正在紧张作业，环环相扣地制造着庞大又精妙的“大国重器”。100多步的距离，我们缓缓地来回行走，看水轮机未装配前的各种配件、水轮机的半成品和成品，每一个项目都是崔兴国和他的团队亲手带大的“孩子”。崔兴国一边走，一边如数家珍般地介绍着这里的过去、现在与未来。一个又一个的项目从落地到实现产能输出，都浸润着一个团队锲而不舍的努力。这一个小小的活动半径，崔兴国在这里行走半生，带领一个行业走向世界领先水平，真正实现了称雄世界的美好愿景。此刻，他是闪闪发亮的那颗星，更是兢兢业业的好工友。

2024 年 3 月 1 日，“大国工匠年度人物”重磅揭晓，崔兴国榜上有名，这是东方电气集团的荣耀，也是德阳人民的荣光。且来看看他的简介：

崔兴国，男，汉族，55 岁，中共党员，第十三届全国人大代表，享受国务院政府特殊津贴，获得“大国工匠”“全国技术能手”“中国机械工业冶金建材职工技术协会专家委员会委员”“全国装备制造业调整和振兴规划立功竞赛先进个人”“全国机械工业质量模范”“四川工匠”“四川省机电冶煤系统劳模和工匠人才创新工作室联盟专业技术委员会委员”“东方电气集团劳动模范及首席技师、

2024年，崔兴国荣获2023年『大国工匠年度人物』称号

德阳市首席技师”等荣誉称号。

无数光环聚集在崔兴国的头顶，成为笼罩着他的高光，各种媒体采访蜂拥而至，让本就繁忙的崔大师更加繁忙了。

作为国内水电行业知名的大型水轮机装配试验专家，崔兴国30余年扎根一线，潜心钻研、刻苦攻关，成功攻克了世界最大单机容量的100万千瓦巨型水轮机。大型水轮机静平衡技术是业内最核心的技术，为保障国家“西电东送”重大工程白鹤滩水电站100万千瓦巨型水轮机成功制造，崔兴国通过多次计算、试验和改进，成功掌握了提高水轮机转轮平衡精度的关键技术，并开发了具有世界领先水平的新工艺、新方法，实现了2台水轮机不平衡力矩为“0”的行业奇迹。白鹤滩首批机组于2021年6月28日成功投产，习近平总书记致贺信，称赞“全球单机容量最大功率百万千瓦水轮发电机组，实现了我国高端装备制造的重大突破”。崔兴国还带领技术团队完成了国内第一高水头的35万千瓦大型水泵水轮机、世界第一大尺寸的17万千瓦轴流转桨式水轮机等核心发电设备装配试验技术难关，所有新产品精品指标率达100%，为圆满完成白鹤滩、三峡、溪洛渡、葛洲坝、长龙山、绩溪、敦化等一大批国家重点水电工程，引领世界水电进入“无人区”作出了突出贡献。

眼前站着的这位和蔼可亲的中年男人，就是掌握了世界先进生产技术的战神吗？我在一堆的头衔和一个具体的人之间有种恍惚感，就像我每次站在各种超大设施设备面前，那种拔地而起的情感，最后也只能化成一句最普通的惊呼：“啊，伟大的工业！”我清楚地记得，上一次的惊呼发生在白鹤滩水电站。当我走进如地下宫殿般的厂房，抬头仰望如天际般的穹顶，在一堆堆数据面前臣服时，我由衷地对同伴喊出了这一句。如果说多年前现代文明的光斑投射在群山之间，只是以工矿的形式出现，它们在农耕文明之间投下了一束光，并以教育、医疗、文化等方式浸润了周围的村镇；那么，现代工业的飞速发展，已经开启了另一个新纪元。

我在白鹤滩水电站参观时，并不知晓这座水电站会与崔兴国有着怎样的联系。直到在他的工作履历上看到了他与国家清洁能源走廊上的白鹤滩、溪洛渡，甚至国外的多个水电站，都有着千丝万缕的密切关系时，我顿时明白了，世界是一个普遍联系的大整体，我们都是命运共同体

2025 年 1 月，崔兴国（右）与徒弟在工作现场查看装配转轮零部件

的一部分。

我赞叹着这一堆来之不易的荣誉，崔兴国却说，这不是我一个人的荣耀，我身上只是汇聚了大家的光，让我有幸作为代表，站在台上成为焦点。其实，这么多年以来，我与工友们互相成长、互相成全、互相成就，才最终造就了我们这个强大的团队，这份荣誉应该是属于大家的。

2025 年 1 月，崔兴国（中）与同事在大件公路零公里标志处合影，庆祝新年到来

接着，崔兴国便如数家珍，把他的领导、徒弟、工友给予他的帮助和支持，一一讲述。

这时，他最小的一个徒弟刘涛推门进来，被我逮了个正着。他的脸上还有些腼腆，稚气刚脱的样子。我请他坐下，他却要坐在离师父远远的椅子上。趁崔师傅出去的当儿，我为了缓解一下气氛，就开玩笑地说："咱们来'吐槽'一下吧，趁你师父不在。"所谓严师出高徒，师严，必有畏惧。他说，刚来厂的时候只有18岁，第一次出差，他对师父说，我得先回去问问我妈妈。师父说，你还没断奶吗？这一句令他又羞又臊的话，最后成了工友们开玩笑的乐子。独生子第一次出远门，离开妈妈的视线，也真像一次断奶。崔师傅成了那个狠心的人，每天把工作安排得满满当当，让他没时间想妈妈。成长和成熟就这样在不经意间完成了，他不再是那个总想妈妈的孩子，而且迅速成长为技术骨干。

打开话闸之后，工作室就热闹起来，那些关于崔兴国的故事如金黄的豆粒般鲜活，散发着丰收的喜悦，闪耀着匠人精神的光芒。

第二章 初生牛犊不怕虎

1991 年，崔兴国刚满 22 岁，正是一个朝气蓬勃的青年。从东电技校毕业之后，他被分配到东方电机，从事水轮机装配工作。那时他还不知道自己会在这个岗位上一干就是 30 多年，且目前来看会一直干到退休。

崔兴国初进厂时，一切都是新鲜的，连各种工使用具都无法认全：砂轮机、锉刀、砂纸、铜棒、榔头、锯工、手电钻、手拉葫芦、划规、洋冲、老虎钳、丝锥、钻头、铰刀、刮刀、油石、百洁布、研磨膏、千分尺、百分表、游标卡尺、钢板尺、卷尺、刀口尺、直角尺、正弦规、深度尺、高度尺、测距仪、激光跟踪仪、水平仪、水准仪、压力表、千斤顶、水压泵、油压泵、液压拉伸器……面对一堆钢铁部件，虽然他学的是钳工专业，但还是有些无从下手。老师傅让他去找一个扳手，他不知所措。当师傅指着地上那个大家伙告诉他，这个才是所需要的打击扳手时，他才知道扳手的种类在这里有这么多种：打击扳手、开口扳手、棘轮扳手、电动扳手、气动扳手、液压扭矩扳手等，完全超出了他的认知。这本是一件小事，但自尊心极强的崔兴国却备受打击。

下班回家后，崔兴国想起白天的窘境，又一阵脸热。他想起上学时记住的一句谚语“善问者能过高山，不问者则迷路于平原”。自此以后，他把每个师傅都当成他的老师，边问边学，边学边问。他谨记其中一位老师傅的话：你新来要多学多问，你多问就说明你有思考，愿意学习，也代表你对别人的尊重，问任何一个人都可能认真教你。等你工作几年以后，你会抹不开面子不好意思问，别人也就不好意思再教你了。这样你就学不到真东西，只能是个技术半吊子。果然老师傅们看着这个初生的“牛犊”身上有一种狠劲儿，吃得苦、爱学习，脚勤、手勤、嘴勤，都愿意把自己的绝技传授给他。

崔兴国清楚地记得，他工作才刚满一年，第一次到广州参与一个电站项目的落地安装，他和同事与法国人合作安装一台水轮机。语言、技术的障碍，像大山一样横亘在面前，他只能稀里糊涂地跟着跑。待安装结束后，他才发现自己连那台机组的核心部件长什么样都不知道。他第

1994 年 11 月，崔兴国（前）参加十三陵抽水蓄能导水机构装配

一次深深明白了，我们的技术与世界的差距还很大。回来后，他更加潜心地钻研技术，把问和学的本领都使劲儿拿出来。

还有一次，崔兴国与同事去甘肃兰州出差，在八盘峡电站安装水轮机。辛苦完工后，崔兴国被眼前那一幕刺激了。三个并排的水轮机，分别来自瑞士、哈电和东电，一比较，东电的外观最丑。

凭什么？为什么？这是年轻的小崔在脑海中经常追问自己的话。是我们的生产技术落后吗？是我们的工艺流程有问题吗？是我们的外观设计跟不上时代审美吗？当一个人有了反思和追问的本领时，就已经走在进步的路上了。那一段时间，他坐着走着，吃饭睡觉，都像是陷入了魔怔。一到岗位，他就投入工作实验中，寻找解决问题的不同方法。崔兴国身上有一种不怕错、不容错，也不放过错的精神，他用正视问题的方法来解决遇见的任何问题，这种方式造就了他强大的试错与纠错能力。长此以往，他就形成了一种习惯，把解决困难当成自己成长的阶梯，通过反复实验去验证结果，用经验来提高自身能力。

条件还简陋的时候，为了赶工期，崔兴国可以几天几夜不睡觉，也不觉得苦和累，仗着年轻和激情他愿意投入十二分的精力在工作中。有一年冬天，天气特别冷，他们在厂房里生火取暖，每天吃盒饭赶工期。夜里太冷，手僵时就来火边烤一烤，因为坚持的时间久，发现大火把地板都烤坏了。还有一年，他们去兄弟单位哈电学习，“南方小土豆”没见过那么大阵仗的冰雪世界。崔兴国还穿着一双单鞋，滑倒时他用手去扶旁边的栏杆，这一扶连手也粘上了……经过冰与火的淬炼后，崔兴国更加坚韧、豁达、

1995 年 5 月，崔兴国（右一）在导水机构装配工作生产现场

乐观。

崔兴国当了几年的学徒之后，凭着一身硬本事当上了工段长，这是公司对一个努力好学的年轻人的奖赏。而在崔兴国这里，更多的是一种激励。因为在他眼里，端好手中的饭碗是本分，同时也是他肩上的责任。当然，他心中还有更大的野心——如何让我们的技术赶上世界领先。

干一行，爱一行，专一行，对别人来说也许是激励的口号，但在崔兴国身上是花一生的时间来实践的工匠精神。他也没有想到，有一天他会被授予“大国工匠”的荣誉称号。大国工匠与大国重器在一起相得益彰，成为彼此的扶手，为大国的崛起筑起新的长城，在德阳这座城市留下深刻的工业烙印。

每一个东电人，说起东电的历史都充满了自豪感。从1958年的起跑，经历了几十年的沉淀积累、历练传承，成功研制了拥有着世界最大轴流转桨式转轮的葛洲坝机组，并在1985年与“两弹”等国家重大项目一同荣获了“国家科学技术进步奖特等奖”。在2012年实现了世界规模最大的三峡电站最后一台机组顺利投产发电，并再次荣获了2019年“国家科学技术进步奖特等奖”。在2016年实现了世界贯流之最杰瑞电站最后一台机组顺利投产发电，荣

2017 年 10 月，崔兴国在贯流主轴装配工作中

获了 2016 年度四川省科学技术进步奖唯一的一个特等奖。2022 年实现世界首座百万千瓦级精品水力发电站——白鹤滩水电站的全部投产发电。每一次腾飞，都是东电人不懈努力及勇于创新的结果。

东方电机历经 60 余年的风雨，承载了共和国以工业立国的历史使命，秉承大三线建设精神，追求卓越的工匠精神。一代代东电人从无到有，艰苦奋斗，自强不息。他们一路追赶，一路创新，一次又一次立下中国水电史上的丰碑。正是有了像崔兴国这样的人才资源队伍作为基石，才可能创造一次又一次的神话。

可以说崔兴国的一生都走在进步的路上，紧扣时代的脉动，书写一个又一个传奇。在2024年的关键词中，有一个热门的词汇叫AI技术。崔兴国站在工作室，一次又一次地说，不要让人成为机器的奴隶，要学习、掌握、运用先进技术，让机器成为人的好帮手。我们要通过数字智能制造，把大国重器的核心制造力，牢牢掌握在自己手中，才可能为经济增长带来新的动力。

当新一代年轻人进来时，又是一群初生的“牛犊”，崔兴国想起了自己年轻时朝气蓬勃的样子，正是挥洒豪情的年龄，怎样才能激发他们的潜能，让他们成为未来的中坚力量？这时的崔兴国已经是一名熟练的老师傅了，他知道该怎么引领他们，帮助他们成长。第一波年轻人中，他选中了其中的5名优秀学徒，激励他们在工作中竞争，营造“比学赶帮”的学习氛围。最新进厂的这一波年轻人中，崔兴国根据各人的特点，强长处，补短板。把一个团队带成一堵墙，也固成一只桶，人人都身怀绝技，召之即来、来之能战、战之必胜。

2019 年 6 月，崔兴国（前排右五）与白鹤滩首台导水机构装配团队合影留念

2021 年 8 月，崔兴国（后排左五）与葛洲坝转轮改造项目团队完工合影留念

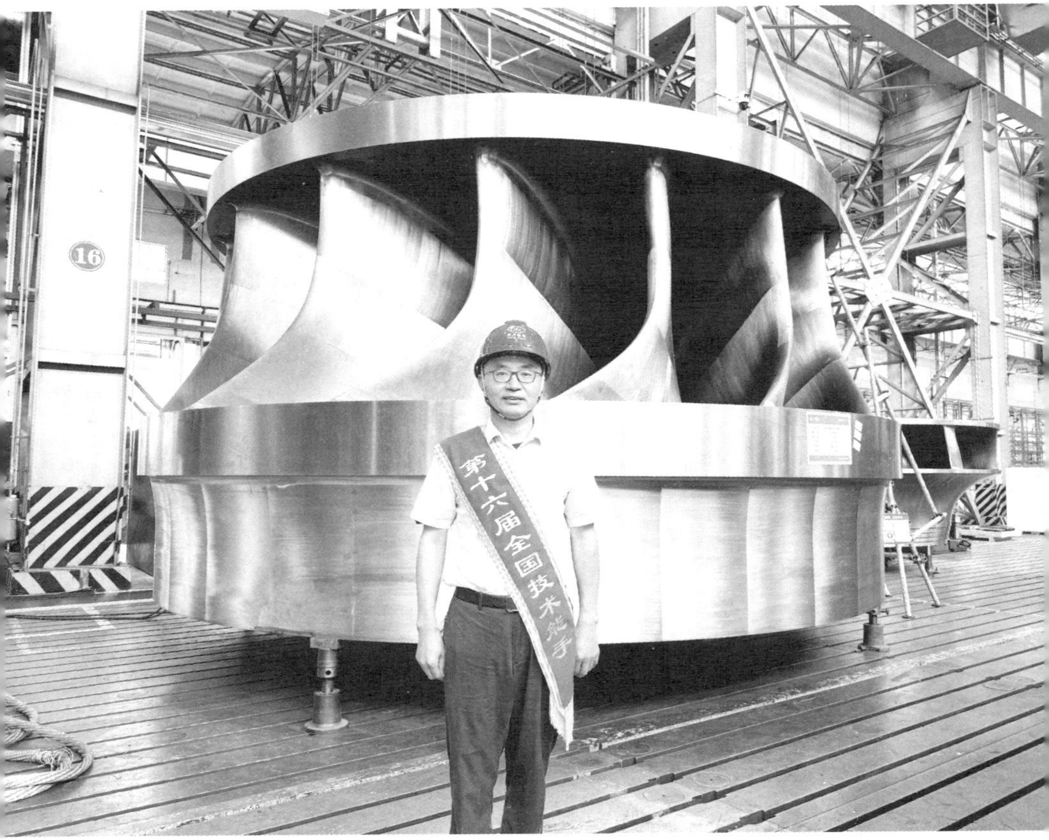

2022 年 9 月，崔兴国荣获第十六届全国技术能手称号

新进厂的年轻人们对崔兴国又怕又爱，怕是因为他经常向他们提问。关于水轮机的问题，大大小小一个都不放过。大家为了避免答不出来的尴尬，每个人都学得很认真。在工作中，崔兴国是导师、是领导；工作之外，崔兴国是好兄长、好朋友。

每次开会的时候，他鼓励每一个人都发言，只有每一个人都发出自己的声音，集思广益，才可能有新的突破。这也能让每一个人知道自己的短板，知晓别人的长处。学会动手动嘴动腿，对于工作和生活都是极好的事情。

崔兴国的这种培养模式，让每个年轻人在这里都得到培养、茁壮成长，当初生的牛犊长成赛场上的种子选手时，崔兴国笑了。

第二章 崔大师工作室

工作室的雏形是一个活动讨论的地方，始于 2011 年。当时，对于每项工作的验证，都需要一个核心的力量来组织完成，而在讨论中解决问题的方式最便捷，也最有效，这是崔兴国工作中的心得。他把这一心得用于实践，形成独特的工作模式。

崔兴国带领团队在讨论问题的过程中喜欢做加法，他想让每个人都张开嘴巴。在问题决策的时候，崔兴国又力求做减法，他在众多的意见中，甄别出最简单、最优化的方案，然后去实施、去验证，在结果中检验问题，再得出最好的结果。

崔兴国发现，这个方法对团队每一个人综合能力的培养极有好处。所以，在工作室中讨论问题也就成了常态。大事、小事，大家都在这里碰碰头。2012 年 7 月，公司正式成立“崔兴国技能大师工作室”，期待工作室承担新技术、新工艺、新产品的研究开发、试制推广，及时总结绝技绝活和技术技能创新成果等任务。

工作室设在工作现场，一推开门就是工作台面。经过十余年的运转，它已成为东方电机水轮机产品装配技术开发、创新成果孵化、高端技能人才培育的“摇篮”。在这个仅有 100 余平方米的工作室中，崔兴国带领他的团队先后完成贯流式水轮机导水机构预装通用支承工具开发、超高水头抽水蓄能球阀装配关键技术攻关、巨型卡普兰式转轮装配质量攻关、抽水蓄能导水机构悬浮式预装技术创新、转轮应力棒静平衡技术系统改进优化、巨型蝶阀装配关键技术开发、水轮机数字化装配技术开发及应用等多个创新攻关项目，还发表了论文 16 篇，获得专利授权 62 项，为公司直接创造经济价值超过 6000 万元。

2023 年，随着“大国工匠年度人物”的荣誉落在崔

2024 年 2 月，技能大师工作室揭牌仪式上崔兴国（中）与公司领导合影留念

2024 年 10 月，崔兴国（前中）向四川省人大代表介绍工作室创新成果

兴国身上，“崔兴国水轮机装配工技能大师工作室”的队伍更加壮大了。他们时刻牢记习近平总书记关于“制造强国”的重要论述，大力弘扬劳模精神、劳动精神、工匠精神，致力于打造高端精品水轮机。工作室现有成员20人：程宦、李武、郭斌、王胜修、刘海明、周星、杜金釜、杜芝鹏、吕森林、刘闯、衡宇、吴绍勇、罗兰、刘涛、刘辉、李悝、岳国艳、林建、张猛、李浩亮。每个名字的后面都有一串闪闪发光的荣誉，其中特级技师1人、高级技师2人、技师8人、高级工4人、高级工程师3人、工程师2人，涵盖水轮机研发设计、工艺技术、生产制造等主要岗位。

他们有了工作的章程，有了人员的保证，有了资金的保障，大师工作室的职能职责发挥更广泛、更有影响力了。公司专门制定了《东方电机技能大师工作室管理办法》，由公司人力资源部和公司工会组成工作小组，对照申报资格条件，组织公司相关技能领域进行申报。对工作室的管理制度、考核细则进行审查和监督，工作室创新项目的初审、汇总、上报工作，执行工作室领衔人负责制，进行具体创建和运作。崔大师工作室以服务生产为原则，以水轮机装配制造为核心，重点从攻关创新、技能人才培养、技艺传承推广开展工作，并据此又制定工作室职责、工作规划、年度工作计划和量化指标，每年第一季度制定当年工作总体计划，经公司审批后执行，每月定期检查，总结形成成果和作业指令。还制定并不断完善工作室有关管理规定，严格控制资金使用管理，做到凡事有章可循。

公司每年都有预算配套的工作经费，主要用于技能大师带徒津贴、研究（攻关）项目及工作室日常运作等；财政拨付的补助经费主要用于工作室设备设施的更新完善，创新研发，论文、著作出版，培训和技术交流活动等。年底时，公司成立评审小组，从项目立项、过程管控、年度评审、激励考核四个方面对工作室年度工作进行总体考评，确保工作室有序运行，让每个人都能明白自己的权益和责任。

展示墙上，崔兴国穿着蓝色工装的工作照片，正在传递着一种快乐工作的情绪。把饭碗变成热爱，已经是他的乐趣，而他正在通过工作室致力于把这种乐趣扩大到他的团队。

20个核心成员的简介，每一个都是赫赫有名，战功卓著。学历从博士研究生到技校生，年龄梯队老中青三代，真正是英雄不问来路，豪杰不分年龄。比如，1974年出生的吴绍勇，编写了《修配及微缺陷辨识与处理操作》技能培训教材；1975 年出生的郭斌，创新出了“球阀气密预检法”“球阀轴段密封装配工装”“空气围带剪切粘接工装”等多项改进成果；1987 年出生的程宦，获得科技进步奖 9 项，发表论文 10 余篇，获授权专利 5 项；1990 年出生的刘涛，主导“抽蓄顶盖 / 底环不锈钢堆焊层缺陷处理质量

技能大师工作室工作理念

改进创新”获公司创新改善活动二等奖、“顶盖管路配制 / 试验专用”已申请国家发明专利、“白鹤滩导水顶盖 / 底环同心度提升攻关”获全国质量管理协会 QC 攻关活动一等奖，获得 2023 年四川省装备制造业职工技能大赛第一名。

团队成员先后荣获全国技术能手、全国机械冶金行业工匠、四川工匠、全国五一劳动奖章、四川省五一劳动奖章等省部级以上荣誉 40 余项。在三峡 700 兆瓦、溪洛渡 770 兆瓦、白鹤滩 1000 兆瓦、长龙山 350 兆瓦、葛洲坝大机改造 170 兆瓦、李家峡扩机 400 兆瓦、巴西杰瑞 75 兆瓦、埃塞俄比亚吉布Ⅲ 187 兆瓦、巴基斯坦卡洛特 180 兆瓦、坦桑尼亚朱利诺 235 兆瓦等一大批国内外重大水电工程项目建设中发挥了重要作用。

抬眼望去，我仿佛进入了一个群星闪耀的技术天空，每一颗星星都是明亮的火把，以工匠的精神，照亮大国制造的辉煌之路。

崔兴国技能大师工作室的愿景挂在墙上，这是一张清晰的工作思路清单：第一，搭平台——搭建技能与技术融合平台。依托大师工作室搭建技能与技术的交流互动平台，畅通信息沟通渠道，实现技能与技术的深度融合，深

2024 年 10 月，世界首台 500 兆瓦冲击式水电机组配水环管装配完工，
崔兴国（中）与项目团队合影留念

工作室开展技术交流活动

入开展多种形式的学习、交流活动，助推生产经营各项工作有序开展。第二，强创新——强化技术创新与成果应用。充分利用工作室技术交流平台及人才资源优势，针对质量顽疾、生产瓶颈，联合开展质量攻关、技术创新。大力推进数字化车间建设，创新产品实现方式，推动创新成果转化应用。第三，建流程——建立装配标准化作业流程。及时固化工作室创新成果及技能大师优秀经验，建立标准化、规范化、系列化的水轮机装配作业流程，指导生产实践，确保先进技术的持续应用以及优秀技能的有效传承。第四，育人才——培育高端复合型技能人才。通过平台交流学习、大师技能传承、“技能地图”培训、技能岗位练兵、技术创新创效、项目实际生产等，锻炼培养一批会创新、善操作、强执行、懂管理的高端复合型技能人才。第五，造精品——打造高端水轮机精品机组。以一流的技能大师工作室为平台，以持续的开拓创新为理念，以先进的作业流程为指导，以高端的人才队伍为保障，以精品的质量要求为标杆，实现“造一台机组、树一座丰碑”。

所谓团队，就是每一个人心中有一把火，一起奔赴光明的地方。崔兴国技能大师工作室的工作目标用它强大的执行力已经一一落地，并结出硕果。未来，工作室将紧密围绕国家“双碳”目标，落实集团“五个领先”战略，大力推进数字化及绿色低碳制造转型，为打造世界一流能源装备企业贡献力量。这一刻，我的脑海中顿时闪出一行字：心之所向，未来可期，不负韶华。

第四章 孝泉跃鲤

崔兴国出生在德阳市孝泉镇，这里曾发生过一个有名的故事，是中国“二十四孝”故事中“涌泉跃鲤”篇的发生地。

话说东汉年间，有一户人家，母亲年迈，喜欢食临江河水煮鲤鱼。儿子姜诗娶了一个叫庞三春的女子，他们夫妻生了一个儿子叫姜石泉，小名安安。姜诗为了孝敬母亲，就让妻子每天去六七公里外的临江河挑水回来煮鱼。姜诗还怕母亲孤寂，又叫邻居老婆婆来跟母亲一起吃鱼。一家人上下和睦，其乐融融。有一天，妻子去临江河挑水，突遇狂风暴雨袭来，她在湿滑泥泞的路中行走，跌跌撞撞才挑着半桶水回到家中。丈夫不疼惜她浑身淋湿，却责备她回来晚了，耽误了做饭，让母亲挨饿，这就是怠慢母亲。丈夫以此为由赶她出家门。走投无路的她只能寄居在白衣庵中，但也没有忘记要孝敬婆婆，她昼夜纺织换得美味，托人捎给婆婆。

只有7岁的儿子安安知道母亲受了委屈，可不知怎样才能帮上母亲。他想母亲一定缺衣少食，就想着给母亲送米，希望她能吃饱饭。安安也不敢私自偷家里的米，他想到一个办法，就是在他每天吃饭时都悄悄地抓上一把放入口袋，然后再偷偷藏到附近的土地庙中。一个月之后，安安带着存好的米去看母亲。庞三春正高兴儿子懂事，转念间就脸色沉重起来，她对儿子说："安安，我们家里的人历来不偷人家的东西，我宁愿饿死，也不吃你偷来的米。"安安哭着解释，母亲也不肯相信。恰好庵主进来，她把安安带来的米放在手掌上仔细看，对庞三春说：“你可别冤枉了孩子，这米颜色深浅不一，有陈有新，绝不是偷的。”

母子抱头痛哭，安安想让母亲回家，可那个“夫为妻纲”的封建年代，没有夫君发话，她也不敢回家。有人把这事情告诉了婆婆，婆婆心疼孙子懂事，就让儿子把她接回来。从此，夫妻二人更加孝顺婆婆。安安长大后，主动承担了到临江河挑水的活儿。有一天，他在江边打水时，不慎落水溺亡。夫妻二人悲痛欲绝，但他们不忍心把真相告诉高龄的婆婆，就撒谎说安安在学堂里念书，他们收起眼泪继续用心侍奉慈母大人。

姜诗、庞三春、姜石泉一门三孝的事迹感动了上天，有一天清晨，他们家房屋旁边忽然就涌出了泉水，而且泉水就有临江河水的香甜味，每天还跃出两尾鲤鱼，可供老人食用。泉水灌溉了姜诗家中的六顷良田，同时还浇灌了邻居家的田地。这泉水就被命名为孝泉，后来扩大成为更广阔的地名：孝泉镇。因为这个故事及这片土地上的民风，孝泉也就成为远近闻名的孝子之乡。

崔兴国的老家就住在离孝泉不远的地方，从前人们知道一门三孝的故事。现在的孝泉人还知道崔兴国的故事。

崔兴国的父母已经仙逝，住在孝泉的尚有大姐一家。说到这个“孝”字，崔兴国也只能把它放到姐姐身上了。长姐如母，姐弟俩相见时，喜悦之情环绕在手臂上、嘴角上、眉头上。

大姐说，父亲去世时，崔兴国这个最小的弟弟才 4 岁多。弟弟 1968 年出生，父亲 1972 年去世。家里有兄弟姐妹 5 个，只有大姐成年。为了贴补家用，大姐早早就去街道的厂里上班，每月工资 25 元。一发到手的工资，要先保证好家里的米和蜂窝煤。大姐成了家里的经济顶梁柱、母亲的好帮手。后来，大弟上高中，乃至上大学，都是大姐在帮衬着。大弟近视想要配一副眼镜，大姐省吃俭用，跑到成都配了一副眼镜，还奢侈地带着大弟去吃了一回烤鸡。

此时的大姐就坐在我身旁，她讲起小时候的故事，一脸兴奋，就像回到那个遥远的少女时代。

大姐对我说，只可惜大姐夫走了，他得病去世快三年了。大姐说，这辈子到哪里去找那么好的人呀？当时他来找我时，我们家里那么穷。他说了一句话就打动了我，

“只要有我吃的，就有你们崔家吃的”。他花了一辈子的时间来实践他的这一句话，有一斤肉就要送半斤回来，有十块钱可能转身就给了弟弟们当伙食费。他好不容易有了一件新衣裳，过年时才穿过一次，下次就到了弟弟身上。大姐夫被他们叫作哥哥，对于崔兴国，是如父如兄的存在。

有一次，大姐夫买了 5 斤面粉回来，在家里做包子吃。

崔兴国（左二）与家人合影

每蒸熟一锅，就叫一声快来吃了。一窝的大人孩子，你一个，我一个，好不容易吃一次的包子，被迅速一扫而光。大姐夫最后只轮到半个包子，还是大姐想起他没吃，就把手里的最后一个包子递给他。大姐夫舍不得，又掰了半个给大姐吃了。这一次做包子，全家吃得热气腾腾，热泪盈盈。

崔兴国说起大姐夫的神情，是满满的敬意。大姐一直记得这个小弟弟端起酒杯敬大姐夫时说的话："哥，您对这个家的贡献太大了，既是哥哥又是父亲啊！"而对于他的父亲，崔兴国只有两次深刻的记忆。一次是他跟随父亲去他的工作单位村供销社，看到一分钱一个的红双喜糖果，特别想吃一颗，但父亲没有让他吃，告诉他这是公家的，不能吃。另一次是父亲病重了，快过中秋节时，有人给了家里一个麻饼，父亲吃完一半，另一半放在桌上。他特别想要吃一口，父亲就把那半个麻饼递给他。还没吃到口中，母亲就一把抢走了。他大哭起来，母亲把他拉到门外，小声告诉他："你爸身上的肺病会传染，不能吃。"

大姐说，崔兴国从小就懂事、好学。缘于家中一直贫困，总是觉得有一碗饭吃就很好。能当个技术工人，跳出农门进了工厂，已是家门大喜事。大姐第一次听说小弟出息了，是因为他当上了工段长。大姐只有一句话，不管当什么，都要对工友们好。因为大姐长期在工厂工作，深深知道工友也是家人。崔兴国牢记姐姐的话，把工厂当家，把工友当家人。家里家外，倾情倾心。

一顿饭的工夫，就要跟大姐告别了。华灯之下，姐弟俩依依话别。大姐突然沉下脸：“干工作我不管你，但是你得管好儿子的事儿。好多次我都想去你们集团找领导要说法去了，为什么我弟弟作了那么大的贡献，还不能为他的孩子好好解决一个就业的问题？”大姐笑着说：“别等我拿出上访户的劲儿，找你领导闹去。”吓得

崔兴国（右）与大姐夫合影

一旁的弟媳妇赶紧说："大姐，已经解决了，已经解决了，你不要着急，你不要着急！公司对咱们家已经很好了，我们不能去给别人添麻烦。"

说完，一家人就在冷风中哈哈大笑，仿佛刚才说的就不是问题，而是一种特别的温馨小提示。上了车，崔兴国说："其实公司的领导对他的儿子一直很关心，多次主动问起，帮忙找学校，毕业后找工作，现在儿子也在公司的子公司工作，大家伙儿都在关心着他的成长呢。大姐并不知道具体的情况，也怪我自己没仔细跟大姐说清楚。"

黑暗中的孝泉，听不见鲤鱼跳跃的声音。但我触摸着故事的内核了，在一个又一个家庭中，孝心一片，幻化成为不同版本的故事，感天动地。从传说到现实，在这片土地上生发的纯朴民风，影响着一代又一代人。

我一直在想，究竟何为孝心呢？利家、利民、利国，此乃大孝也。崔兴国如是。

第五章 由心而发，万物开化

东电集团大门口，一个醒目的水轮机雕塑屹立于草坪。走近才看清底座的标签上面写着：四川龚嘴水电站 1 号水轮机转轮。下面还有一行小字：转轮直径为 5.5 米、重 102 吨，1972 年由东方电机制造，运行 35 年，于 2007 年退役。经崔兴国介绍，才知道这是一个实体的水轮机，退役后捐赠回厂，成为一个展览展示品。

偌大的水轮机下，我是一个渺小的问道者，从齿轮、转速到工作原理，提了一些在崔兴国看来可能是很幼稚的问题。在隔行如隔山的屏障前，我只想尽可能地离崔兴国大师和他的行业近一点儿，再近一点儿。

在遥远的年代，我们在黑暗中借助煤油灯的微光完成作业，一步步认知外界。当电灯作为发光体，照亮我们的世界时，人类文明向前迈进了一大步。后来又有了火力发电、水能发电、风力发电，我们在日新月异的变化中，深刻感知人类对光永不停歇的追逐。

此前，我对水轮机的理解还停留在一架大大的水车上。它可能遍布于有河流经过的地方，在某个村庄的角落里，甚至人们为了怀念这样的日子，还把水车作为景区的装饰品。在我家乡也有这样的水车，我在最原始的水磨房中，因为跟着大人们去推磨，看见由水轮、磨盘和磨轴组成的原始设备，在它们不停地转动中，大大提高了磨面的效率。水磨的动力部分是一个卧式水轮，在水轮的主轴上安装磨的上扇，流水冲动水轮带动磨的转动。大人们忙着磨面，而孩子们的兴趣总是在一江春水中。

中国有着古老的农耕文明，早在晋代，人们就开始使用这种水磨。在不断地改良中，人们又发明了一种构造比较复杂的水磨，一个水轮能带动几个磨转动。我对水磨房的工作原理，始终一知半解，不像男孩子那么好奇。在钢磨代替了石磨时，我的堂哥还因为对高速运转的皮带好奇，于是用一根竹竿搭上去，竹竿顿时钻进他的手掌心，那个血腥恐怖的场面一直印在我脑海中。以至于我对机械长久保持距离，生怕一不小心就被钢铁“咬”到身体。上初中时，我在物理课堂上，也大致明白了重力、动能、势能等一些基础知识，但对于其运用总感觉还隔着云山雾海。

在崔兴国大师的科普中，我明白了一个最核心的定位：水轮机是水电站的“心脏”。它是水力发电的主要装置之一，在水力发电中起着至关重要的作用。水轮机通过水流转动水轮，带动发电机转动，将水流的动能转化为电能。而崔兴国是水轮机的“主治医生”，他通过不断地“望闻问切”，给水轮机开出各种“处方”，还炼制出各种灵丹妙药，延长水轮机的使用寿命。

转轮又是水轮发电机组的“心脏”，其性能的优劣直接影响到水轮机的效率、空化性能和压力脉动。三峡首台左岸转轮直径10余米、高5米多、净重400余吨，由上冠、下环和叶片组焊而成，是目前世界上最重、尺寸最大的水轮机混流式机组转轮。当时，为了保证这台巨无霸转轮的顺利产出，公司上下高度重视，扩建水轮机分厂“中华第

2016年6月，崔兴国在轴流转桨式转轮制造工作中

一跨”，积极投入，增添设备，提升起吊能力。在方方面面的应战准备下，最终打了一场有准备的胜仗。

转轮经组焊、打磨、退火再到精磨、精加工，这些工序完成后转入水轮机分厂进行装配。而平衡是其最重要的一道工序，也是转轮的关键考核指标，其平衡参数直接决定转轮制造的成败。三峡转轮称得上历史之最，不管是尺寸，还是重量，其装配难度之大，实在是考验团队的能

2018 年 11 月，崔兴国在抽水蓄能转轮精品制造工作中

力。而且，他们首次进行此巨型件的平衡工作，没有任何经验数据可供参考，其平衡的可靠性和稳定性到底如何，大家心里都没底。

撸起袖子，对自己说声加油，再向团队大声喊出“开工”。虽然他已是水轮机装配的佼佼者，但还是对此项目拿出最大的敬畏心，丝毫不敢懈怠。他在全盘考虑后，凭着实践经验提出稳妥的方案，组织水轮机装配团队的精兵强将成立三峡转轮平衡攻关团队，号召大家专人专事，齐心协力，精益求精。工艺部门也成立了专业攻关团队，工艺人员每天扎在车间，跟踪服务，攻克技术难题。设计人员、工艺人员随时在生产现场，与操作人员一起第一时间发现生产过程中出现的问题，及时优化机组装配参数，解决操作难题。各个攻关团队拧成一股绳，奋斗在生产现场。

崔兴国深知，完美的工艺设计需要通过切合实际的工艺技能落地于产品中，才能使其变成现实。一线操作者更要深入了解产品结构，在具体操作中创新改进，在工作中不断提高实践能力。工艺在车间，技艺在身心，对已知和未知领域，永远心怀赤诚，以一颗空杯之心迎接挑战。

他们常常工作到深夜，几乎到了废寝忘食的境界。有一次，由于工期紧张，分厂紧急组织全体攻关队员召开现场工艺讨论会。会上，工艺技术人员和操作人员一起分析转轮平衡问题。等到会议结束，时间已过凌晨，当大家准备回家时，突然发现少了一个人，打电话也无人接听。于是，大家急忙分头寻找，后来发现他竟在转轮平衡下方的工位上睡着了。

崔兴国带着他的团队，夜以继日地努力攻关各种难题，遇山开山，遇水架桥，把十八般武艺都搬上了台面，终于如期圆满完成三峡巨无霸转轮的平衡工作，且各项数据优异，完全满足设计要求，顺利通过了业主、监理的现场检验。崔兴国也长长地舒了一口气，他拍着胸脯自信地说：“干工作就要有一股劲，办法总比困难多，只要我们手艺好、工艺精，就没有出不来的活！”此刻，他们所遇到的一个个操作障碍、经历的一次次工艺困惑、展开的一场场技术讨论、啃下的一项项攻关难题，都成为囊中的财富，成为再出发的加油站。

2003 年 8 月 8 日，三峡巨无霸转轮完成制造。在发运出厂时，德阳市民竞相参观，万人空巷的场景历历在目，这是东电人民的骄傲，这是德阳人民的骄傲，这是四川人民的骄傲，这也是中国人民的骄傲。

2024 年 10 月，崔兴国在世界首台 500 兆瓦冲击式水电机组配水环管装配现场

经过多个师傅锻造锤炼过的崔兴国，从技术熟练工人到大国工匠，已经是雕琢成器的美玉了。他不断在技术中融会贯通，对水轮机的装配悟得了自己的一套独家心法，又把自己的心法倾囊传递给自己的徒弟们。慢慢地，他们就成了水轮机装配技术最强外科团队。崔兴国是外科团队的核心，我想大概相当于软件部分的水轮机的转轮。我笑他的成长过程有点像武侠小说中的张无忌，是传说中的“天选之子”。可他却谦虚地说，开始都不知道结果，只想认真地做好每一件事。在崔兴国大师这里，学无止境，学海无涯。

第六章 差之毫厘，谬以千里

中国自古就有“差之毫厘，谬以千里”的说法，用来形容工匠精神是最合适不过的了。崔兴国对于精度的严格要求，在徒弟们眼里都要近乎苛刻了。

平日里，在各种报告上的一堆数字面前，他像是长了火眼金睛，能从一堆数据里面迅速找到问题所在，一分一毫的差距都逃不过他的眼睛。

在工作现场，崔兴国凭着多年的经验，更是能迅速抓到问题的关键。有一次，崔兴国在车间查看水轮机装配最关键的一步——顶盖吊装。哨响后，他看着顶盖被缓缓吊至导叶上方，调整角度后缓慢下落，一气呵成，动作丝滑。只要顶盖就位，项目装配工作就圆满完成了。结果一片铁屑如雪花般轻落下，问题来了，大家的心情瞬间结了冰。

崔兴国知道，这硬挤出的铁屑，证明咬合度的尺寸不对。看着大家都像被霜打过的茄子，崔兴国镇定地说：“问题出现了，就找解决问题的办法。请大家打起精神，先测量上轴套与导叶轴径之间的间隙。如果没有间隙，就把顶盖、底环开档调整好，再转动一下导叶，看导叶能否灵活转动。如果转不动，就拆除上套筒，测量上轴套尺寸。”

接到指令后的工人们分头行动。第一班人马报告“导叶轴径与上轴套没有间隙”；第二班人马转动导叶，导叶也丝毫未动；第三班人马准备拆除上套筒，但是10吨吊车起吊达到了极限，上套筒也无法拆除。大家聚在一起，讨论解决问题的各种可能性，最后决定将顶盖吊出来。

随着一番紧张的操作，其他导叶都顺利地离开了顶盖，但其中一件却无法脱离，像个难搞定的“钉子户”。工人用铜锤敲打半天也没有一点反应。崔兴国决定把顶盖用等高块垫好，吊一个 10 吨的重锤用来压导叶，等导叶上端面与顶盖下平面有一定空间时，再同时用两个 50 吨的千斤顶将导叶顶出来。当他们终于费尽周折地把导叶取出来后，发现导叶轴径严重损伤，轴套也有不同程度的划伤。后来经过尺寸测量，发现原来轴套内径尺寸比图纸设计值小了 0.2 毫米。

2019 年 6 月，球阀装配试验合格后崔兴国（前）与业主合影留念

这是一次严重的技术失误，崔兴国立即召开现场分析会。他很严厉地说：“不是说尺寸全部测量过了吗？都没问题吗？是谁测量的？又是谁互检的？”

马师傅很尴尬地认错：“我量的，当时发现这件轴套尺寸小了0.2毫米，我自以为是个小误差。我错了，害得大家返工。”紧接着，郭师傅也说：“我作为项目负责人，没

2022年7月，崔兴国（中）在白鹤滩电站地下厂房

有做好互检工作，就在控制卡上签了字，也有责任。”

崔兴国看到大家都能正视问题，也主动承认了错误，他的话语也放缓慢了。他说：“以后要加强自检、互检，这次还好是在厂内预装，在厂内就把问题解决了，如果以后转型为数字化装配，测量完就直接发往电站。这种小事就会演变为大事，将对东方电机的声誉造成巨大的影响，还可能会砸掉我们精品水轮机的招牌，谁又能负得了这个责任呢？”

他接着说：“作为一名合格的装配工，要关注每一个细节。差之毫厘，谬以千里，尺寸虽差 0.01 毫米，但也有可能导致整台机组的装配失败。这是一个深刻的教训，大家万不可掉以轻心。”

经过这次事件后，崔兴国又提出了以“追根溯源、改进提升”为主题的大讨论，要求大家在测量工件尺寸时，严格按照操作规范（重要部件、重要尺寸装配前复查尺寸，装配后检查相关尺寸及装配状态）对轴套单件尺寸及装配后实际装配尺寸进行复查，杜绝再发生这样的事情。

还有一次，经过紧张有序的调试，梅州项目 1 号机球阀轴端工艺顺利完成安装，交检合格后已转入精加工序。又逢周末，大家都开心地进入了休闲时光。项目负责人小岳想睡个懒觉，然后与朋友们去放松一下。一阵急促的电话铃声却把他叫醒了。电话是下游工序重金工分厂260镗床操作员打来的，他说：“球阀A向平面加工完后，检查发现加工面与基准面的平行度为0.08毫米，这个数据不对，需要帮忙调整一下。”小岳心想又不是多大个事情，你们调整一下不就行了吗？再说我们都校验合格了的。

这边才挂完电话，那边崔兴国的电话就打来了。“小伙子，今天得辛苦一下你了，重金工分厂需要我们去调整一下球阀活门水平，麻烦你去处理一下。”小岳赶紧换工装出门，花了大半天的时间，将平行度进行了调整，及时纠偏，球阀的精加工才得以顺利进行。

周一上班时，崔兴国调侃他，“星期六辛苦你了，耽误你打麻将了！”小岳说：“辛苦倒没啥，只是我不太明白，我们都交货了，怎么还要去帮他们处理这些事情。再说，活门平行度偏差0.08毫米也没啥啊，活门平行度允许误差在0.1毫米之内，这是在合格范围之内的，我觉得他们有点小题大做了。”

崔兴国说：“小岳，你要是这样理解，我就得说你两句了。第一，公司产品质量的控制不是仅仅靠哪一个团队或者工序来实现的，为了提供优质的产品，我们不仅要管

2025 年 1 月，崔兴国（中）在球阀装配现场

控好本序的质量，还要深入前序加工中，进行前源质量协调的把控。所以，用户的需求就是我们的需求，前序的需求也是我们的需求。第二，我知道设计要求平行度≤ 0.1 毫米，重金工分厂之所以给你打电话，是因为我给他们的操作者说过，单面加工完后，如果平行度超差值大于 0.05 毫米就得停下来，让我们来进行二次调整、纠偏。你试想一下，单面加工时平行度已经超过 0.05 毫米，假如加工完另一面时平行度误差也大于 0.05 毫米，再加上两侧的偏差，会不会有误差叠加？从而超出合格范围？”

小岳深吸一口气，原来崔兴国大师的数学是这样计算的呀。我们只顾着自己这一边，怎么就没有想到另一边呢？

“所以，你们以后要注意，对于水轮机球阀装配人员来说，设计人员制定的设计结构、技术标准，只是我们要求的最低标准，我们要追求装配控制的最高目标，制定内控并严格执行。”

崔兴国希望团队的每一个成员要做到如下几点：第一，充分理解产品设计结构、性能，了解产品制造的加工方法以及加工误差对装配质量的影响，并熟知工况运行状态。第二，在装配作业过程中全过程精细控制，把装配精度提升到最高水平。第三，不断摒弃一些不良认知，比如有些操作者不管不问，拿上零件就开始装配，如果装配成功了，就认为自己是个优秀的装配工，一旦过程有问题，就开始埋怨上序下序。第四，装配人员应该根据实际装配情况，及时反馈零部件的尺寸大小及精度控制要求，设计人员才能根据实际需求优化设计，加工人员才能按照最高精度适时控制。多管齐下，才能制造出更高精度的机组。

通过崔兴国多年的训练和培养，大家对水轮机装配技术精密的度认知都上了一个台阶。有一次，在一个项目的验收过程中，甲方看到报告数据觉得很惊奇，因为他们看到导叶开口值数据显示“零偏差”，这是难以置信的事情，就表示怀疑操作者记录出现错误。

崔兴国当着甲方的面向在场的质检人员及业主、监理了解情况，得到的回答都是肯定的。因为导叶开口值的行业标准是 ±2%，按照那台导叶最大开口尺寸 272 毫米计算，开口偏差在 5.44 毫米算合格，能达到 2 毫米以下就非常不错了，而今天的实际数据偏差值竟然为 0 毫米。也难怪甲方会不相信，而崔兴国知道“零偏差”对他们来说是可能实现的。

甲方兴致盎然地向崔兴国取经，崔兴国首先从装配团

崔兴国（左二）在抽蓄导水机构装配现场

队的思想转变方面向甲方讲解。因为思想是指挥行动最有力的枪杆子。就行业标准而言，以公司现有的制造、装配技术，可以轻松达标，但为了进一步适应市场形势以及业主对产品的品质的需求，必须迫使设计、工艺、装配操作者等“水机人”精益求精，追求卓越。

崔兴国说：“16年前，鄢总在水轮机分厂担任厂长时，就着手组织设计人员、工艺人员，与车间操作者一起，充分发挥不同岗位、不同专业的优势，从影响‘导叶开口值’偏差的几个关键环节协同攻关。比如，设计部门依据水力试验，反映了因导叶厚度不均匀导致水流进入流道后出现变量的情况，为提升机组运行的稳定性，升级了导叶瓣体设计标准。再如，工艺部门通过考察现有设备的加工精度，优化、规范了导叶精加工和铲磨打磨、抛光流程与方法，消除了导叶瓣体厚度加工误差，同时确保了导叶与导叶臂定位角度的一致性。分厂则是从‘标准化操作’‘标准化人因防控’来提高装配精度，经过日积月累，为实现减小开口值偏差，打下基础。”

优化质量管理制度是实现“零偏差”另一重要因素。公司为全面提升产品质量，打造“东电”质量品牌，提出了“内控指标”以及精品机组“标杆指标”两套质量检验标准，“内控指标”要求导叶开口值偏差是 ±1%，“标杆指标”要求导叶开口值偏差是 ±0.5%。与此同时，公司相应制定了两种指标的奖惩制度，实现了因高于指标受益、低于指标买单的正、反向激励机制。

绩效考核制度方面，水轮机分厂率先试行了以产品“品质考核”为考核标准，摒弃了传统的以工时考核为唯一方法的考核制度，进一步激发了操作者的质量管控主动性。目前，提升产品质量已是职工自觉的愿望。在日常工作中，大家能积极联合设计部门，提出装配过程中的实际需求。设计人员根据实际情况，及时优化产品结构，促进设计标准提升。

千里之行，始于足下。每一种成功的背后，都有一群人默默在付出。差之毫厘，谬以千里。水轮机装配对精度的要求极高，装配过程中的任何小细节，都关系着整台机组的装配质量。生产过程中不起眼的小偏差，在机组运行时都可能造成较大的影响。所以，在每个操作环节，必须细之又细，慎之又慎，不能有侥幸心理，不得有半点儿马虎。

第七章 滴水不漏

球阀是抽水蓄能机组的核心部套件，也是难度最高的部件，行业对其密封要求非常高，标准是1分钟内只允许有60毫升的渗漏量。它是水电产品的开关、水流的巨型“水龙头”，在正常工作情况下最高承受852米水柱压力（紧急情况可承受1200米水柱），相当于在成年人指甲盖大小的面积上要承受85公斤力（120公斤力）的压力。在长期的工作实践中，默认球阀的相对密封，而非绝对密封。也就是说，在允许的范围内，球阀有渗漏是正常的。

这就是我们常常看到一些水电设备下面的地上常年湿润的原因。

没想到，有一天崔兴国和他的团队把这一技术难关攻克了。这是一个长达数十年的艰辛过程，他们经过反复实验，在每一种可能性上寻找答案，绝不放过一丁点儿偏差。2018 年，在绩溪项目中，第一次实现“零渗漏”的时候，崔兴国激动地抓起电话，想把这一好消息汇报给领导。但马上又犹豫了，他担心这是一次偶然的结果。他按捺住内心的激动，又组织人员进行反复的重组、安装、论证。在一次又一次的确定结果中，他终于可以向领导汇报战果了。

领导的反应在崔兴国的意料之中：零渗漏？这怎么可能！在得到崔兴国的确定答复后，对他们团队进行了大力表扬。那种骄傲，都要从电话中溢出了。

要知道，这一张“零渗漏”的实验报告单，崔兴国和他的团队在背后付出了多少心血和汗水。他们首先对球阀的结构进行改变，按物理学的原理将直分瓣式球阀改装成斜分瓣式，再到整体钢板结构，最后进入整体铸造工艺。在工序质量上不断改进，从加工精度、焊接质量的提升到前沿质量控制。也从装配方法进行改进，让隐性的质量问

崔兴国（中）指导球阀装配攻关“零渗漏”

题在装配的过程中显性化，从结果控制转化为过程控制。为了让所有误差都向零靠近，崔兴国专门编制了标准作业指导书，让各个步骤都有据可查，制作过程质量控制卡，要求相关责任人签字，让每一步都有质检、复检、专检。严防死守，坚决不留一个技术隐患。

每一种改进，都经过无数次实验和论证。团队在对球阀结构由分瓣式改为整体钢板式的新式球阀装配过程中，发现新结构可以同时加工活门、阀体，可以解决活门、阀体单件加工精度较差的问题，同时也避免了分瓣式球阀大螺栓预紧巨大的工作量。但是，新的问题也随之而来，整体钢板式结构的球阀强度较差，翻个身都可能产生变形。那时，整个团队参考的还是阿尔斯通的技术，大家对技术认知还相对粗浅。比如，活动密封环的密封结构和材质采用的是单根聚氨酯密封，硬度很高，在密封面从圆形变成了椭圆形，根本无法装入，后来用了热胀冷缩的方式将阀体加热才勉强装进去。可是，在实验的过程中，又发现活动密封环卡涩，密封效果不好，再通过钳修的方法来处理。这些认知上的不足，导致球阀拆了又装、装了又拆，连续往返好多次，以至于球阀都把合螺栓的螺纹磨得锃亮。后来，发现死磨是一种笨办法，就不断讨论方法的改变，从“遇山开山，遇水架桥”的方式，转变到让大家学会“攀缘”和“游泳”技术。某一天，崔大师一拍脑袋，忽然意识到增加密封的柔韧性或许能解决问题。他们开始做一个大胆尝试，用一根橡皮条使它成为组合密封，使密封与密封面之间的刚性配合转化为柔性配合。这一思路转变，让他们有效解决了大问题。

团队所有人都舒出了一口长长的气，整整 8 年的时间，从最初要弄个小桶或小盆接着球阀的漏水，从 1000 毫升 /30 分钟、500 毫升 /30 分钟，然后慢慢地只漏到一个小量杯 30 毫升 /30 分钟，又到 2 毫升 /30 分钟，直到通过橡皮条的加持，成功实现“零渗漏”。

到目前为止，崔兴国团队做过公司承接的项目中直径最大的球阀有 3.1 米，是河南五岳抽水蓄能电站的订货单。实验报告单上显示，30 分钟渗透 1.5 毫升，甲方觉得已经很完美了。但是崔兴国觉得不行，非要重新来一遍，因为没有达到他们要求的“零渗漏”，就等于没有达到技术满分 100 分。这对于把产品质量视为工作生命线的崔兴国来说，绝不允许这种结果存在。他们经过仔细检查，借用侧光线发现了一个连肉眼都看不见的小划痕。把这个小划痕处理后，再来重装一遍，就达到了“零渗漏”。崔兴国说，可别看这一个小小的划痕，它在水高压的情况下，也会形成流道，水就会从里面渗漏或者喷泻出来。用油石对精加工面一点点打磨，还要避免造成新的伤害，必须让整个金属密封件的粗糙度接近于镜面水平。

目前，崔兴国团队已经做到了国内最高水头和压力球阀的“零渗漏”，也就是说做到了这么大的球阀在用金属密封的情况下可以达到滴水不漏。经过不断的摸索实践，他们还将原来 8 个月的装配周期压缩到现在 1 个月内就可以顺利完工，圆满实现了精准设计与精品制造，创造了行业标杆，达到了世界领先水平。

从 2008 年到 2020 年，崔兴国和他的团队一共经历了两个转变——从被动到主动的转变，从主动到推动的转变。他们把这个过程划分为三个时代：

“黑麋峰球阀”时代。黑麋峰项目球阀第一次漏水试验时，漏水量为 1000 毫升 / 分钟，工友们将其戏称为“用桶接”的时代。接了漏，漏了接。这一个项目一干就是 8 个月，反复多少次都记不清了。总是在遇到问题后，大家才去想补救办法。工作显得非常被动，耗时长，结果又不好。这个过程还大大增加了成本的支出，甚至有工人还抱怨是设计的渗漏标准太高，实现难度太大。崔兴国带着团队历尽千辛万苦，想尽各种办法，才勉强达到设计要求。经过 8 个月的实践和实验，他们整个团队对球阀都有了全新的认识。

“仙游球阀”时代。仙游项目启动时，整个团队已经做了充分准备，想把被动认知变为主动出击，崔兴国鼓励大家主动发现并解决质量难点，在不断总结中稳步前进。崔

崔兴国（中）指导球阀装配攻关现场

兴国通过《球阀装配标准作业指导书（SOP）》的编制，梳理出球阀装配的难点以及对应的装配控制方法，制定措施，强调执行力。在事前、事中和事后，把风险控制放在首位，尽可能将球阀在装配和试验过程中可能存在的问题一一列举，通过分析、讨论，预先制定可行的风险防控方案，并在装配过程中进行验证。

他们尝试着改变球阀的结构，从整体钢板式改进为整体铸造式。但因为发现它容易变形，为控制它的变形量，摸索出了一套检测方法——三大检测法：间隙检测法、压痕检测法、气密检测法。通过间隙检测法检查密封面的贴合情况，通过压痕检测法检查两个密封面的圆度，通过气密检测法预先验证密封面能不能通过水压试验。

经过层层把关，精准落实，最终球阀的一次装配合格率基本在 90% 以上，装配周期缩短至 2.5 个月 / 台，漏水试验时的漏水量也控制在了 30 毫升 / 分钟左右。值得高兴的是，崔兴国对大家的高标准严要求已深入人心，整个团队对这个结果都不满意。他们为此还发明了趣味奖惩措施，就把球阀渗透出来的水用量杯接着，以水量来论酒量，谁干的球阀漏多少水，就罚他喝多少酒。这一措施让整个工作车间充满了欢乐。

工作室进行质量分析研讨

“绩溪球阀”时代。绩溪项目启动时，大家都铆足一股劲儿，想要向“零渗漏”迈进。经过反复的研究，崔兴国及其团队认为仅靠装配工序的努力是无法实现的。于是，他们想到了上游工序，从源头上把关，追溯工序质量。他们联合焊接工序，解决了密封面堆焊层缺陷存在当量，减小了缺陷处理难度和对加工面精度的影响；联合精加工工序，实施装配质量前源控制，解决了“活门”平行度偏差的问题；联合设计、工艺部门，优化了“密封环”密封面结构和密封件材质。部门的联动让解决问题的方式变得简单高效，最终实现了球阀装配的全程可控，按需生产，按质装配。终于，他们实现了心心念念的“零渗透”。装配一次合格率达到100%，装配周期缩短至40天/台。

在公司承接的一个又一个项目中，球阀的水头每高一米，崔兴国带着他的团队便多一分小心，如履薄冰，如临大敌。特别是长龙山项目球阀水头达到756米，是世界第二、中国第一高水头，它的试验压力约17兆帕，相当于一个指甲盖的面积需要承受近120公斤的压力。在这种情况下，要做到“零渗漏”，真是面临着巨大的考验。但在他们的精诚合作中，最终还是做到了。

在水轮机分厂球阀试验场地上，崔兴国多次向前来参观的业主方讲解这一路上的故事。他们“摸着石头过河”，终于上岸了，但上岸后才发现前面又是一条大河。因为每一个项目的情况不同，他们需要经常转变工作方式。比如，他们发现水压试验中球阀产生的变形，会使两个密封面之间产生位移，导致密封面研伤。为了解决这个问题，他们从金属材料入手，通过改变两个密封面金属材料的硬度，才终于有了长龙山项目后续球阀的“四个零渗漏”（上游活门强度压力试验、下游活门强度压力试验、检修密封试验和工作密封试验）常态化。

回想这一路的历程，对球阀装配的试验，正是“山重水复疑无路，柳暗花明又一村”的写照。崔兴国带着他的团队，走过了一村又一村，终于走出一条奔向光明的大道。当新的挑战来临时，他们已经把技术武装到牙齿，无所畏惧，所向披靡。

第八章

前院宽敞，后院明亮

我在酒店的大堂见到崔兴国的妻子曾霓。娇小玲珑的身段，明艳可爱的笑容，自带亲切和善的张力，如邻家小姐姐，曾霓浑身散发着让人欢喜的气场。

我没有想到，“崔大爷”竟然是她对崔兴国的爱称。就像多年前我到一个地方出差，一位忘年老友请我吃饭，他说要回去带他的“老妈妈”来一起吃，我心想这是多有孝心的儿子呀，他的“老妈妈”应该七八十岁了。待会儿我见到的却是他的妻子，原来他说的“老妈妈”正是他的妻子。当曾霓一口一声地说“我们崔大爷”“我们崔大爷”，我总算明白了，崔大爷就是崔兴国。大爷，不仅是年龄，靠的更是实力。当年的毛头小伙熬成了崔大爷，他在家里也享受了“大爷”一样的待遇。

崔兴国和曾霓是中学同班同学，11岁时，他们俩都考进了孝泉镇中学，并分入同一班。他们的班主任正是曾霓的父亲，教他们数学。那个年代的数学老师也是浑身上下充满了文艺细胞，曾霓出生时，正在上映《霓虹灯下的哨兵》，父亲就给她取了这个好听的名字。当我误以为他们就是早恋的一对，两小无猜、青梅竹马时，她赶紧摇头否认。

崔兴国学习成绩好，曾霓学习成绩则一般。她对他很是佩服，觉得他天天在玩耍，还可以名列前茅。父亲对她的教育很宽容，只希望她将来能考上一所技校，毕业后能自食其力就足够了。那个时候，只有城镇居民户口的子女可以从初中直接考技校。曾霓的个子很矮，她甚至产生了一些自卑情绪，从来没有觉得谁会喜欢自己。当她明白自己应该好好学习上高中、考大学时，又觉得自己脑子不够使。当然，这是在潜意识中她与崔兴国比较的结果。在不知不觉之间成为参照物的崔兴国，对班主任家的这位千金也格外用心。只是彼此都觉得自己的条件配不上对方，这粒种子就放在心里捂着。

初中毕业之后，他们俩都考上了高中，崔兴国被录取到德阳一中，曾霓被录取到德阳二中。其实，崔兴国的分数是可以上中专的，但他想上大学。而曾霓的技校录取通知也来了。父亲让她选择读技校，说女孩子家学门技术，先长本事养活自己才是最重要的。在父亲的说服下，她在心里已经作出了选择。因为一直自信心不足的她，更担心自己上了高中，万一考不上大学咋办？

他们怀揣着各自的愿景，一个上高中想考大学，一个读技校想谋生活。但深埋在崔兴国心中的青春种子，还一直在土壤中生长。他尝试着给她写信，问学习问冷暖，看不出一点爱情的端倪。曾霓接到信后，按住狂跳的心，悄悄地欢喜，可一转念又觉得会不会是自己理解错了，自作多情呢。为了保持女孩子应有的矜持，她连回信也不敢，因为她还有一个小小的担心，嫌弃自己的字写得不够漂亮，表达能力也不够好。那个时候流行读琼瑶小说，少男少女们关于爱情的想象，都在小说的情节中各自开花。曾霓老觉得崔兴国是站在高处的白马王子，而她只是一个羽毛还没长开的丑小鸭。严重的自信心不足，影响了他们往前再进一步发展的可能。长久得不到回应的崔兴国以为曾霓对自己一点儿意思都没有，就慢慢地死了这条心。

曾霓毕业后分到二重厂，崔兴国高中毕业没考上大学，读了东电技校。毕业后的崔兴国被分配到了东电，在冥冥中安排好他与水轮机将发生改命般的交情。他们二人同在一个城市，在两个相隔不远的大工厂，却像是命运给他们开了一个玩笑，近在咫尺，变成远在天涯。月下红娘没有让他们再相见，他们默默地成为青春中彼此收藏的那片“白月光”。

他们分别成家，并有了自己的孩子。但由于种种原因，他们又各自离异了。每一个家庭的后面都有一本难念的经，拿得起，放得下，便是对生活最大的尊重。在一次同学聚会中，他们惊讶地见到对方，且发现两人又都成单身了。命运转了一个圈，又让他们走在一起。这时候曾霓大方地接受了崔兴国的“爱情信号弹”。因为这一次让她觉得，现在双方都是工人，彼此就般配了，她再也不用像过去那样，需要仰望他。自此，他们的灵魂与身体都走到一起，平等又坚定。这符合曾霓一直的爱情观。

顺理成章地走在一起的两个人，没了少年时的怦然心动，却多了几分成熟后的从容淡定。他们终于以爱情的名义修成正果了。曾霓说到“崔大爷”与她的爱情时毫不掩饰的幸福感，就像阳光照在银杏树上，金黄而美丽，自带秋天的丰硕与冬天的蕴实。现在，他们已经在一起 20 多年了，两人的女儿已经上高中。我问她是否有些遗憾，不能早早地就在一起。她说，如果早早地就在一起，也许结果会是分开。折腾一番之后，他们更加明白了生活的真谛，

崔兴国夫妻的合影

倒是彼此都懂得更加珍惜对方了。

曾霓说她的性格被“崔大爷”和孩子磨砺了，以前觉得自己小气、记仇、纠结，现在变得越来越洒脱，不再执着于某一件事情的结果。比如，刚生女儿的时候，“崔大爷”的眼睛高度近视，她就担心女儿将来也会遗传近视。所以从小就让女儿吃胡萝卜、鱼肝油等对视力有帮助的食物，折腾了许多年，她还是近视了。再如，曾霓觉得女儿的数学成绩不够好，从小学补到高中，收效甚微，补课好像是花钱在给自己寻求心理平衡，后来终于明白，多放手，让孩子们长成一棵松树的样子，自然、茁壮。因为并不是山间所有的松树都必须巍然屹立、与天齐高的。一片森林的生态，应该是有层次的。

也许是父亲家庭教育过严的缘故，曾霓总是习惯从自己身上找原因，并尽量把身段放到最低处，像是她瘦弱的肩膀能扛千斤的担子，总是不断地给自己加码。关于家庭，我要是多问崔兴国一句，崔兴国总是把手迅速指向她。在外面，他是“天”；在家里，她是他的“天”。一句，她说了算，饱含着十分的爱意。

崔兴国的儿子一直叫她曾姨，有一天突然改口叫她曾妈了。这种细微的转变，让曾霓无比开心，像是隔着肚皮的这座冰山瞬间被融化了。手掌和手心都是身上的肉，她想倾尽所有去爱孩子们，只想让他们拥有自由飞翔的本领。

崔兴国在家里时，经常会接到单位的紧急电话。他像灭火队员一般，匆匆出门。只要电话不响，就说明一切正常、安全。但这样的时刻总是太少了，偌大的单位，需要处理的事情实在很多，他就像永远都不会生锈的那枚螺丝钉，紧紧扣在工作台面。曾霓从未有过一丝怨气，工作第一，这是父亲传道给她的正知正念。以至于在家里所有人都觉得崔兴国工作太辛苦，是家里的重点保护对象。她父亲生病住院，明明是家里的其他人一直在照顾父亲，崔兴国只要去一会儿，家里的人都觉得他做得太多了，心疼他太累太辛苦。这位初中的班主任，对自己从前的学生和现在的女婿，不知该怎么疼爱才好，简直是到了偏爱的地步。再比如家里聚会时，要准备很多的食材，崔兴国只要一干活儿，明明只忙碌了一会儿，切个水果、肉片什么的。家里人都要说他太勤快，仿佛所有的都是崔兴国准备好的。

我忽然就明白了，孝心的几重含义：第一重是能守在父母身边尽孝心，照顾一日三餐；第二重是能给父母经济

崔兴国夫妻的合影

上最大的保障，让父母觉得安心；第三重是能为父母带来荣誉，光宗耀祖。传统的孝道，概莫能外。崔兴国的孝心占了三重，人人都以他为骄傲。

家里的人都说是曾霓运气好，遇到了最肯努力的人。仿佛曾霓得了天大的福报，她必须处处妥协，处处体贴，才能算是曾家的好女儿。

崔兴国与女儿的合影

其实，曾霓知道，崔兴国是个温柔敦厚的好男人。在家里，她才是主心骨。崔兴国对顾家的妻子总是百般体贴，空闲时他们也一起外出旅行，曾霓回忆在云南旅行时崔兴国对她的种种呵护，立即显出娇媚动人的小女人姿态。崔兴国总是遗憾，因为工作繁忙，错过了陪伴妻子和孩子的很多时间，但因为有妻子作为坚强后盾，才让他的前院宽敞，后院明亮。

在我羡慕她的爱情时，曾霓却说："我跟崔大爷的日子过得很平淡，每天买菜、做饭、洗衣、带娃，跟普通家庭也没什么两样，我们习惯并享受着这样的日子。"我在她的言语中，也能感知她对崔兴国那种带着崇拜的爱，无论是技术还是人品。她感谢他引领她、改变她、珍惜她。她说，他们是在最恰当的时间和地点，遇到了最恰当的人。少年青春的爱充满了不确定性，唯有经历沧桑之后，才能照见彼此金子般的情怀。这样的爱，也才能更加长久。

第九章 创新永远没有终点

崔兴国大师说，站在过去看未来，我们是取得了一些成绩，但站在未来看现在，肯定还有太多不足。世间没有什么东西是永恒的，唯一不变的只是变化本身。为此，崔兴国和他的团队持有一个观念：创新永远没有终点。

他首先把他的队伍定义为职业工人，并把职业工人的职业生涯划分为三个阶段。第一个阶段在前 10 年，要把精力放在学习、工作和锻炼中；第二个阶段是 10 年到 20 年，大多数人都能带队伍了，要学会总结、提炼和思考；第三个阶段在20年后，可以实现工作方式的创新、新工艺的运用了。崔兴国带出一个梯形的队伍，年龄、学历、技术、理论，样样具备，且大家都养成了想要建功立业的信念。在一个团队主心骨的驱使下，如何雕琢产品，让产品更具有生命力，如何创新，让产品处于领先地位，他们都在自我加压，自我实现。

当自律成为一种习惯，企业的精气神就像动力十足的热气球，经过他们团队的改装配置，乘上它可以飞到地球的另一端。崔兴国以身作则，让“创新”二字闪闪发光。

三峡项目作为国家超大型混流式机组的典型代表，转轮最大外径为10米，高5.2米，重量430吨，属于超高超重部件。转轮作为水轮机将水势能转化为动能的最为关键的部件，它制造的静态平衡直接关系到混流式水轮机机组的出力和运行的稳定性。崔兴国作为水轮机装配的带头人，主导了整个转轮的装配过程，在此过程中，也总结创新出了大型混流式转轮平衡的新方法，实现了大型混流式水轮机转轮静平衡创新。

在长期的一线产品质量管理和监督工作中，崔兴国牵头主持“水轮机装配过程精细化管理”创新课题，结合一线装配的实际情况，将装配过程和质量管理控制向精细化管理、过程性自检互检、数据化管理进行转变，革命性地改变了过去水轮机装配凭经验、粗犷式专检和质量控制弊端，实现了水轮机装配过程精细化管理的创新。该项成果在2008年后广泛地应用于东方电机装配作业中，并荣获东方电机有限公司2009—2010年度管理进步成果三等奖。

崔兴国长期与使用工具亲密接触，为了让工具更凑手，他仔细琢磨零部件，反复改良改造，最后决定采用模块化组装结构，研制出“兴国导水装配工装”。这一创新解决工具座环无法通用的问题。这一工具小巧灵活、操作便捷、通用性强，适用于各类水头的直径不同、开档不同、高度不一致的滴水头贯流式机组导水机构装配，提高了装配精度和装配效率，其导水机构的同心度、水平度、导叶开档质量以及一次校检合格率均达到100%。该套工具在公司桥巩、杰瑞、沙坪、桑河二级、新干、邕宁、龙溪口、东萨宏等项目中广泛应用，使装配效率提升了34%，累计节约工装费用1700万元。

崔兴国面对技术难题时，用创新思维组建攻关团队，全面提升解决问题的能力。刘闯是“五虎上将”之一，由他和杜芝鹏带领的团队对抽水蓄能导水机构装配工装质量改善进行的创新实验，成果获得国家发明专利授权。传统的圆柱式导水机构厂内预装为底环与顶盖“分离式”的装配方法，刘闯带领团队针对其装配用工装种类多、占地面积大、数据稳定性差、导水预装数据调整难度大等特点，进行导水装配方法优化，将分离式的支撑方式优化为“一体式”的内支撑方式，使装配结果能保持稳定、可靠。

导水机构预装，其“顶盖/底环同心度”“顶盖/底环

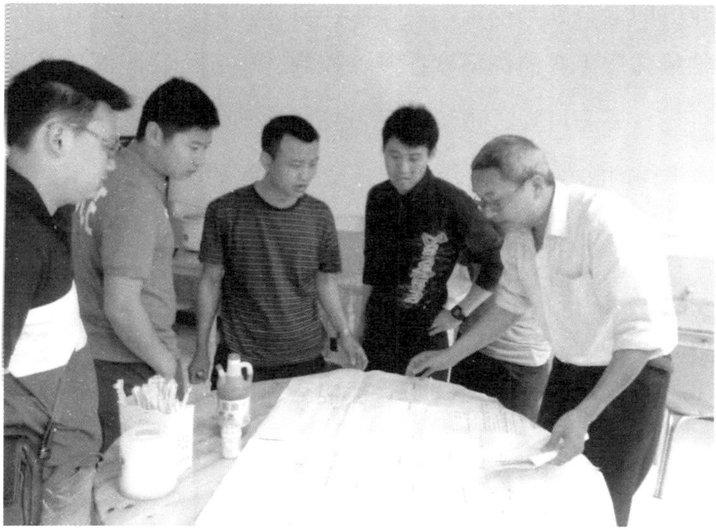

2013年5月，崔兴国（右一）与项目团队在工地餐桌上分析图纸

平行度”、底环水平度、“导叶开口值”等关键技术指标，全面进入个位数时代，极大地节约了安装周期和安装成本。崔兴国在对球阀关键部套装配中的质量风险点和控制点进行梳理时，发现很多漏洞，便组建技术攻关团队，探索装配式方式的创新。该项目由郭斌和岳国艳负责，他们在实施工程中得出一套新方法：将“导环”作为反作用受力装置，提高了受力稳定性，减少了工装装拆工序；通过“等高垫筒”和“腰形等高垫块”辅助装置，减少了导环/密封环/阀体平行度手动调整、测量工序，实现了各部件装配的平行度基准统一；通过“自动化同步顶压装置”的位移与压力双向高精度探测、控制，做到了装配部件受压可控、姿态可控、进给精度可控和自动纠偏，实现了“盲装”；消除了因过度压板受力变形导致的千斤顶飞出伤人的安全风险，使装配周期缩短了50%。

每一个攻关团队接到任务后迅速进入战备状态。由刘海明和吴绍勇负责的团队进行抽水蓄能导水机构堆焊层质量改善创新。攻关团队联合焊接分厂，通过测量平面基准和中心基准，精确计算堆焊层厚度尺寸后实施堆焊，并严格管控焊接过程清理，提高底环、顶盖部件一次堆焊质量。具体做法是从源头上控制堆焊层缺陷存续量；联合重金工分厂，合理地利用机床加工能力，半精加工后增加水轮机装配消缺工序，实施缺陷处理；提前介入，从而提高精加工质量，降低精加工后因手工消缺对精加工部位的质量影响；联合技术部门，针对缺陷性质和存在部位，明确处理标准；提升能力——开展水轮机装配“技能地图”专项技能培训，由技能骨干人员传授不同种类、不同部位缺陷的最佳处理方法。经改进，提升了缺陷处理质量和效率，大大缩短了缺陷处理时间，较改善前提高生产效率60%。

衡宇和周星负责球阀钢套部件装配质量攻关创新。工作思路是针对球阀装配周期紧，精度要求高，调平、调正、调同心难度大，装配时难保证直线进给，存在研伤甚至卡死的风险，必须开展装配创新攻关。具体操作如下：提高阀体轴孔与活门轴颈装配位置精度——同心度偏差小于 0.1 毫米提升至小于 0.03 毫米；导向优化——将导向倒角由 10° ×15° 改为 20° ×15° ，增强导向性；装配精度提升——使用水平仪测量、控制活门轴及钢套装配水平度，确保钢套 / 阀体轴孔平行位移装入；优化装配驱动方式——将手动棘轮扳手升级为中空式同步顶升液压千斤顶，提升装配稳定性和同步性的同时降低了劳动强度。创

2020 年 10 月，崔兴国（左）在抽蓄导水机构预装创新工作现场

新后，球阀钢套质量稳定，周期缩短，成本大大降低。

杜芝鹏和刘涛攻关小组负责面向立式导水机构虚拟装置的三维测量技术验证与应用创新。攻关团队为保证产品在电站装配后满足设计要求，创新替代需要在部套内及部套间进行必要的实物预装，运用三维测量技术、逆向建模技术、大数据处理及集成控制技术，使水轮机产品通过三维测量和逆向建模判定装配质量的可靠性大大增加，以此产生的虚拟装配技术逐渐由探索阶段走向了应用阶段，采用虚拟装配后可将原有的总装及验收交检时间由 15 天减少至 3 天，单台导水节省人工成本约 10 万元。该项技术创新成功后，仅抽蓄导水，其年度节省的人工成本就在 300 万元以上，除此以外，虚拟装配实施后对装配场地、设备、能源等资源的消耗减少以及装配产能的释放，其实际的经济价值会更高。

抽蓄顶盖管路种类复杂，数量多，大部分项目又要求在制造厂内进行管路配制。在传统配制方式中，需顶盖精加工完成转到装配现场后才能开始进行，操作人员需反复钻入狭小的顶盖腔体里长时间作业，配制完成后还需要与顶盖装配进行打压试验，整个过程占用顶盖产出直线周期，要持续一个半月左右，极大制约了抽蓄导水机构产能。针对这一问题，崔兴国带领团队开发出应用抽蓄顶盖管路模拟配制技术，采用可调节式工装巧妙模拟顶盖腔体结构进行管路配制及打压试验，大大降低了对顶盖的依赖性，实现并行作业，极大地提升了产品产出效率，导水机构产出周期同比缩短40%。新技术同时极大地改善了操作人员作业环境，有效降低了劳动强度。

由吕森林和刘学东负责的球阀抽水蓄能转轮打磨辅助工装设计创新。攻关团队针对转轮开档小、包角大、流道长、工序繁多、质量要求高、砂轮机的重量和去量磨屑要求为铲磨工人带来高强度劳动负荷等问题，制作了一套方便实用的抽蓄转轮铲磨辅助工装工具。该工具有快速切换、使用方便、结构简单的特点，有效降低了工人的劳动强度、降低了抽蓄转轮铲磨难度、提高了转轮铲磨效率。目前单台抽蓄转轮总计铲磨周期约65天，人工成本约15600元。通过采取辅助工具进行铲磨后，铲磨效率提升约20%，每台转轮节省的成本约3120元，每年合计节约的成本在数十万元以上。

由王胜修和高星负责的球阀装配专用起吊设备研发与应用创新。攻关团队针对现有球阀试验盖把合螺栓安装方式对吊车依赖性大、占用时间长的情况，为缓解吊车资源的紧张同时消除安全风险，研发出一套球阀装配专用的新型起吊设备。该设备悬挂系统采用可调节式平衡梁结构，采用汽缸驱动平衡梁上下运行，在替代吊车起吊作业的同时还增加了一个工作面，摆脱了装配作业对吊车资源的依赖，缓解了吊车资源紧张的局面，使球阀试验盖装配效率提高80%，为试验盖螺栓把合装配提供了一个安全作业环境。

静平衡是转轮制造的最后一项关键工序，是机组轴系稳定运转的重要保障。多年来，东方电机通过技术迭代，实现了从纯机械式的静板球平衡方式向机电一体化的测杆应变静平衡方式的转变，平衡精度得到了有效提升。但在长期的实践运用中发现，计算的不平衡力矩与实际配重存在一定偏差。为解决这一问题，崔兴国工作室团队经过大量分析、理论研究和实践验证，于2021年创新提出了测杆应变法静平衡修正方程式及标准化工艺体系，形成发明专利1项、论文1篇。该研究成果彻底解决了测杆应变法静平衡技术遗留问题，在原来的基础上进一步提升静平衡标准，实现静平衡标准等级由G6.3向G1.6迈进，有力保障了精品机组的产出和交付。目前，公司研制的白鹤滩、长龙山等国家重大水电项目均实现了转轮平衡“零配重”及

“零残余”等行业一流性能指标。

由刘闯团队负责的抽蓄转轮平衡消除微量驼余不平衡力矩实现方式创新。攻关团队通过三个阶段的实施有效地提升了平衡质量效率。第一个阶段：优化配重方式——通过预加工转轮配重孔，预留配重空间，减少传统配重方法中加工配重孔和配重孔部位封焊、打磨、探伤等工序，将原工序优化减少为 1 次，同时杜绝因加工配重孔对转轮本体的伤害以及封板脱落带来的质量风险；第二个阶段：平衡系统精度提升——确定两种平衡状态误差修正值，极大地提高了平衡精度；第三个阶段：自主不平衡力矩控制能力提升——采用钻机设备，自主加工、自主消除微量残余不平衡力矩，消除了因转运、加工、二次平衡的等待浪费。

抽水蓄能球阀密封质量攻关——在国内最高水头、世界第二高水头的长龙山抽水蓄能机组球阀和导水机构装配中，通过创造性地实施间隙检验法、压痕检验法、气密检验法，成功地解决长期以来球阀密封渗漏问题，在世界范围内首次实现该水头段球阀“零渗漏”，突破了超高水头机组制造难点，创造了行业最高纪录，已产出的 4 台球阀全部达到精品指标，推动我国抽水蓄能机组制造水平达到世界领先。

崔兴国（左二）在数字三维测量创新工作现场

抽水蓄能导水机构质量创新改善——为提升机组运行的平稳性，消除装配过程中的累计误差，创新设计一种“新型悬浮式导水预装方法”，可使装配周期缩短35%；产品质量一次交检合格率100%、标杆指标达标率100%；累计节约成本2500多万元。该成果获2021年四川省机电冶煤工会技术创新成果奖和全国机械冶金建材行业职工技术创新三等奖。

在长期的一线产品质量管理和监督工作中，崔兴国工作室成员牵头主持“基于MES的E-SOP过程质量控制应用”创新课题，结合一线质量控制实际情况，借助MES信息化手段，将装配质量过程控制向精细化管理、过程性自检互检、数据化管理进行转变，革命性地改变了过去水轮机装配凭经验、粗犷式专检和质量控制弊端。该项成果在2016年后广泛地应用于东方电机装配作业质量控制中，并荣获东方电机有限公司第七届管理创新成果二等奖。

结合工种实际，崔兴国创新培养模式，制定了水轮机装配技能地图，系统培养高端水轮机人才，先后培养集团高技能人才9人，高级技师和技师21人，其中4人被聘为公司副主任级专业技术骨干；2人荣获德阳市“技术能手”、

工作室成果展示

3人荣获德阳市“首席技师”、产生多名“大练兵”状元、公司“质量标兵”“先进个人”“劳动模范”，为水轮机的发展提供了人才保障。

当一个又一个的技术难题向崔兴国团队抛来的时候，他们从来没有退缩，甚至很多问题都是他们“自找的”，且他们以这个过程为乐，为荣。

在别人还在观望AI时代的来临时，崔兴国带领团队早早就进入了现场。东方电机已经于2016年就开始尝试局部产品制造的数字化转型应用，工作室迅速成立了数字化工作团队，并取得了阶段性成果，通过全流程的数据采集和应用，构建产品的三维模型，从设计开始，运用模型实现工艺流程、生产流程的转变。

东方电机依托数字技术在行业内率先实现活动导叶、固定导叶瓣体表面机器人打磨。在技术开发应用过程中，项目团队不断摸索、改进创新，解决了快速编程、快速找正、工具优化、批量作业、覆盖区域、表面粗糙度等一系列实际工程应用问题。目前，公司机器人铲磨技术已在活动导叶、固定导叶上实现规模化、批量化作业，不仅大大提升了铲磨表面外观质量，实现了作业效率倍增，而且改变了数十年人工铲磨的传统作业模式，实现了机器代人、绿色制造。

2022 年，崔兴国带领团队成功开发出了行业首创的水轮机产品数字化装配技术，该技术采用先进的自动化测量技术获得产品轮廓特征和关键数据，通过数据的分析、匹配、建模、计算等过程来全面、准确地判定实物产品的装配质量，以数字化虚拟预装的新模式代替传统的实物预装方式进行产品的验收和交付。东方电机在该领域获得 4 项发明专利、1 项工业软件、2 项企业标准、1 篇高水平论文。以抽蓄导水数字预装为例，可提高 400% 的效率，降低 80% 的成本，100% 实现数字孪生产品交付。该项技术已在多类水轮机部套上实现拓展应用。

工作室数字化团队于 2023 年成功开发应用球阀压力试验集成控制技术，实现了打压设备集成、打压过程编程控制、远程操作、试验数据远程监控、项目远程验收等功能，极大提升了球阀压力试验过程的安全性、自动化、数字化水平。

工作方法的创新，工艺流程的创新，装配技术的创新，人才培养模式的创新。正因为没有终点，所以他们一直在路上。创新让崔兴国的队伍葆有最蓬勃的生命力，他们从一个小小工具箱的改进，到AI技术的应用，把创新一词紧握手中，与时俱进，锐意进取，砥砺前行。

第十章 质量哨兵

当“质量哨兵”这4个字从崔兴国的口中说出的时候，我可以用惊诧来形容内心的感受。质量和哨兵都是我熟悉的两个名词，但我从没想过将它们两个排列在一起。众所周知，哨兵是军队中执行警戒任务的士兵，执行站岗、放哨、巡逻、稽查等任务，以确保军事区域和重要目标的安全。而质量是物体所具有的一种属性，通常泛指产品或工作的优劣程度。崔兴国经过多年的工作实践，创新性地把这两个名词排列在一起，并在工作中进行不断实践。

关于质量，每个行业都有自己的标准。国家在规范行业标准方面出台了很多的文件，建立了很多规范措施。比如，我们熟悉的ISO9001，是全球公认的质量管理体系标准。有了这个认证，可以证明你的产品质量优于同行，可以让你的企业在激烈的市场竞争中脱颖而出，对于提升企业的竞争力和品牌形象具有积极的作用。

任何一个企业要想在市场中立足，产品的质量是第一位的。崔兴国更是深知产品质量的重要性，他要在他的“水轮机王国”实现他的质量梦想。

这一想法在他执行黑麋峰项目时就有了萌芽。他看着不断拆卸又不断组装的水轮机，有种莫名的心疼。就像一个好好的人，经历了无数次手术之后，身体怎能不虚弱呢？虽然水轮机是钢铁之躯，但也经不起一遍又一遍的折腾。这个过程给了他启示，如果每个人都在自己装配的环节严格要求，大家都像哨兵一样严守阵地，把好质量关，那么就会大大降低返工的概率。一颗种子开始萌芽，只等阳光雨露的滋润，就能破土而出。

崔兴国把工序中存在的质量风险点逐个梳理了一遍，又风风火火地带领水轮机装配团队的操作骨干去公司电站服务事业部开展质量走访活动，目的在于收集整理电站在安装运行过程中可能出现的质量问题。他希望从终端用户那里得到反馈的具体质量问题，以便在机组出厂前更有效、更具针对性地进行风险防控，把好质量关，他说，不能让“带病”的产品流出公司。

每一次交流会下来，都能有很多收获。汪国真先生有一句诗：从别人那里，我们认识了自己。崔兴国把自己的工作想象成一条河流，他要从上游、下游找到问题。有时得到反馈的问题多了，内心就像被泼了凉水般难受。崔兴国说：“我们要带着别人的问题回到工作中。看来，我们的产品质量也不像我们自以为的那样。比如，我们平时不重视的那些细微的方面，标识不清晰、合孔深度偏差未暴露等，我们以为的小问题，到了别人那里就可能成为大问题。”

通过一系列的调查之后，崔兴国要求各小组写一份《装配质量控制薄弱点及控制措施》。大家把一切问题放到桌面上之后，解决问题就成了一件容易的事情。崔兴国把质量问题进行分类，按一般风险点和关键风险点制定出相应的控制措施；又把风险点按照特性分为单一性和复合性，尽量把防范措施做好做细，让其具有可操作性，执行起来不会有太高的难度。

同时，崔兴国也认为，不能用百分之百的投入去预防万分之一的发生概率，这样做成本太高。眉毛胡子一把抓的做法，只能事倍功半。大家需要抓住关键风险点，重视一般风险点，通过经验合理识别质量风险，最大限度地避免质量问题的发生。

崔兴国认为，首先要做的就是化繁为简，把重要的东西精益化，不重要的东西淡化。在充分了解每个部件的功能后，提出删除组圆的过程，因为他认为这是一道毫无意义的工序。就像有一个人抬头看着天，一群人就跟着仰头看天，一问才知道那个人是流鼻血了，可后面没流鼻血的人，为什么要看天呢？也许是因为前面的师傅在把控质量时，发现有一个组圆的过程会更加稳妥，而崔兴国却认为完全没这个必要。事实证明崔兴国的想法是对的。

有一次，工人反映因为交检太烦琐了，在质量传递卡、质量控制卡、装配自检记录卡上都要填写机组数据，还要在电脑上再填一次，很多数据都是多次重复填写，如果填写不规范，又得返工重新填。有时候，质检人员判定合格了，工艺人员却不认可；可有时候，工艺人员判定合格了，质检人员又不认可，又得找生产组协调。崔兴国针对问题立即向上反映，通过三方协调工作现场会，用三卡

2021 年 11 月，崔兴国（左五）在全国行业职业技能竞赛观摩合影留念

合一的方法圆满地解决了这个问题。

事实上，化繁为简更是提升质量、工作效率的必然导向，如何让一线操作者少跑路、跑短路，从烦琐的重复工作中解放出来，把精力投入高效的生产中，这是决策者需要做的重要工作。崔兴国在工作中得出这个道理：产品控制80%的需求取决于20%的关键技术指标。把控好关键技术指标，既能保证产品品质，又能降低工作强度，化繁为简，真正实现企业的降本增效。

在一个项目又一个项目的落地实验和实践中，崔兴国编制的标准作业指导书，成为徒弟们的好帮手。以前各项指标只要达标即可，崔兴国把它们细分为标杆指标和精品指标，并力求达到精品指标。也就是说以前是只要完成就是100分，现在变为完成只是标准及格60分。此目的是要让大家觉得，拿到90分都不优秀，只有完成精品指标才能达到崔兴国的质量标准。

质量和效率本来是矛盾的。平常生活中人们会说慢工才能出细活，细了、精了，质量才能上去，但效率也成问题了。在崔兴国这里，他想在提高质量的同时达到效率，实现良性互动，输出精品水轮机。

这一措施刚开始实施的时候遇到过不断的阻力，吃惯了“大锅饭”的团队习惯了以奖励为主的正向考核机制，大家也更注重数量，数量越多，拿到的奖励就越多。为了尽快实现产品交检入库，大家就想方设法地赶进度，产量是提高了，但质量问题发生的频次也高了，其严重性也日益凸显。崔兴国通过多方论证，决定以装配工段为试点，打破原来的考核机制，引入品质绩效考核。

从前的考核方法，重点放在工时上。工人们往往是装配的时候拿一遍钱，重装的时候又拿一遍钱。现在只有达到精品指标才能拿到钱，真正地把成本控制落实到每个人。让每一个操作工人都成为一个哨兵，一个哨兵把守一个岗位，他们手拉手站在水轮装配的每一道工序之上，严防死守，以质取胜，用质说话。崔兴国说，这叫“棒棒糖激励机制”，干得好的有糖吃，干不好的要受棒棒之苦。为了有糖吃，又不挨棒棒的活计，他们就得在岗位上兢兢业业，丝毫不敢放松。这样做的结果是，质量上去了，效率也提高了，形成一个皆大欢喜的多赢局面。

崔兴国关注制造业的前沿，转变思路，从传统的主观思维定式“我认为”和“我的标准”，转变为从客户需要出发，不断关注、理解和满足他们的需求和期望。这就像大厨想要做一道适合客人的美味菜肴，需要先了解食客的

2022 年 2 月，崔兴国（右四）与葛洲坝导水机构改造项目团队完工合影留念

口味，再根据他们的喜好来选择食材、烹饪方式，以确保最终的菜肴能够满足他们的胃口。其实，用户思维就是在产品开发中，不断与用户互动，收集反馈，理解他们的需求，然后以此为基础精心设计和改进产品，以创造出对用户更有价值的产品，提供最出色的用户体验。

水轮机装配集设计、工艺、制造、服务等多个工艺流程，每一个流程都是最小执行单元，也是质量标准最具体的落脚点。崔兴国要求每一个班组先解决思想上的认知，践行一次做好、追求卓越的质量文化，充分发挥每一位班组成员的积极性和创造性，攻克一个个行业难关，达到世界领先水平，从而以高标准的质量标准构筑起企业核心竞争力。工作中的崔兴国总爱对大家说，装配是产品质量最后一道关卡，质量标准不可动摇，对待产品质量要“心有正气则无畏”。在最基层的地方坚守质量阵地，这是他们一直坚守的底线。

崔兴国倡导大家要牢固树立“质量没有侥幸，质量以我为本，我以质量为荣”的质量意识。因为我们每一个人都是有尊严的，我们的产品也是有尊严的。把产品看成会行走的灵魂，好的质量会代替大家去说话。

如今，东电集团的质量控制已经成为质量文化亮点，质量思维也成了员工们的工作习惯，每一个工人在潜意识中已经形成了从策划、实施、检查、处置的行为习惯。

崔兴国一心想要建立的质量哨兵制，是希望当敌人来了的时候，知道枪在哪里，怎么战斗；而不是等敌人来了，还要被动去听领导安排，消极应对。

目前，崔兴国的“质量哨兵理论”日臻完善。期待他成为质量改革的先锋，以100分的标准为目标，让每一个哨兵昂首挺胸，筑起一道坚不可摧的质量防线。

第十一章 凡事发生皆有利于我

崔兴国一直以一个认真负责、努力上进的正面形象，展现在大家面前。但凡认识他的人，都要竖起大拇指，夸他是个好同志。但有一年，发生了一件事情，成为他职业生涯的一段“黑历史”。直到现在，当年公司领导见了他的面，都还在把这件事情当作玩笑来讲。

崔兴国深刻地记得这件事，但具体发生在哪一年却是有些模糊了。那一次因钻孔的控制力不精准，影响了电站安装的工程进度。按此前的处理惯例，无非重新钻孔，罚点款了事。可正遇上公司大力整顿工作作风、提高工作效率的风口，一切违规、失误、风险皆要从重处理。公司为此下了大决心，专门开设一个班，让所有违规人员下岗学习半年，且学习期间只发基本工资。

崔兴国就在这个节骨眼儿碰在了钉子上，工作出现了失误。

这要放在别人身上，肯定在家里家外抱怨上好多天。崔兴国却像没事儿一样，高高兴兴地去了学习班，每天按时上课、下课，认真抄笔记。对新知识的吸纳，让他觉得每一天都过得那么快。

原来，崔兴国正在推动质量改进，还不断遇到些麻烦，总有人在执行上大打折扣。因为习惯吃“大锅饭”的人，一旦吃不到就要找他闹情绪，这个月谁的工资又少了，那个月谁又被罚了，搞得他头大心乱。半年的时间很快就过去了，待他重新走向岗位的时候，他有了一颗雄赳赳、气昂昂的改革之心，且以身说法，落锤在地时，也就掷地有声了。

让每一个人懂得承担责任的后果，这是崔兴国作为过来人的金玉良言。

往后，无论遇见什么事情，崔兴国都会从正反两个方

崔兴国（右）与集团公司前董事长的合影

2025 年 1 月，德阳市委领导春节前夕看望慰问崔兴国（左）

2023 年 9 月，崔兴国（右三）在四川省装备制造业职工技能大赛活动中与公司领导合影

向去论证它。让所有的弯路，都不会白走。这有点像鸡汤文字中陈述的那一段：你读过的书，走过的路，爱过的人，都会成为你的精神长相。在他这里，我可以套用成为：你犯过的错，受过的苦，得过的奖，领过的罚，都会让你的技术长出新的翅膀。

这种利己利他的思维模式，让崔兴国在他的团队建设中自带一种魔力。没有人会因为困难而退缩，也没有人会因为失败而放弃。每个人都是自带光芒的小宇宙，都是团队中不可或缺的力量。

在人生的长河中，我们可能会遇到各种各样的事情，欣喜与沮丧，成功与失败。如果我们都能像崔兴国一样，以一种积极的心态去面对，就会发现“凡事发生皆有利于我”是一种深刻的生活哲学。

在福祸相依的旅途中，愿我们每个人都能拥抱智慧的人生，豁达乐观，向阳而生。在任何时刻，都能把绊脚石变成垫脚石，都能拥有把上帝所开的那道小窗改造成宽敞大门的底气和能量。

第十二章 造一台机组，树一座丰碑

崔兴国参与并见证了我国水电发展的历史，带领他的团队投身于中国水电装备行业，造一台机组，树一座丰碑，实现了从“跟跑”到“并跑”，再走向“领跑”的跨越式发展进程。

长龙山抽水蓄能项目是世界第二、中国第一高水头抽蓄机组，属于超高水头、高转速、大容量抽水蓄能电站，其最高水头达到 756 米。此项目是习近平总书记亲自部署与批复的项目，电站位于浙江省安吉县。安吉县是“绿水青山就是金山银山”理念的发源地，富含政治意义、社会意义和生态意义。而球阀是抽水蓄能机组的核心部套件，随着技术的不断更迭，经验的不断积累，集团掌握了金属密封结构微观变化数据，通过多种特殊装配技术和方法的创新和应用，实现了国内最高水头和压力球阀的“零渗漏”，创造了行业标杆，达到了世界领先水平。

白鹤滩水电站是国家“西电东送”的重大工程，2022年12月20日，白鹤滩水电站全面投产，世界最大清洁能源走廊建成。至此，白鹤滩水电站，与已经建成的乌东德、溪洛渡、向家坝、三峡、葛洲坝等6座世界级巨型梯级电站，共同构成了世界最大清洁能源走廊。这条走廊跨越1800公里，通过这6座巨型电站联合调度，年均发电量可达3000亿千瓦时，每年可节约标煤约9045万吨，减少排放二氧化碳约24840万吨，对保障长江流域水利资源利用和生态安全都具有十分重要的意义。

当“一滴水”穿过6座电站，成为发光体的源头，又奔向大海时，我们的世界就更加宽阔明亮了。

这是一个应该被载入史册的日子，白鹤滩水电站拥有6项世界之最：机组单机容量百万千瓦世界第一，地下洞室群规模世界第一，无压泄洪洞群规模世界第一，圆筒式

2022 年 7 月，崔兴国在白鹤滩电站大坝

尾水调压室规模世界第一，世界首次全坝使用低热水泥混凝土，300米级高拱坝抗震参数世界第一。这标志着我国的水力发电进入了世界领先水平。

对于东电人来说，这更是一座具有里程碑意义的项目建设。其中的酸甜苦辣，都装在崔兴国和同伴的心中。如今他只有一句感言："能够参加三峡白鹤滩这个举世瞩目的工程，是我们水机人一生的荣幸。"为了这份荣幸，崔兴国派上了平生所学的所有"武功"。

刚接到任务的时候，大家都很兴奋，也都知道这是前所未有的挑战。安装100万千瓦的巨型水轮机，相当于攀登世界水电行业的"珠穆朗玛峰"。此前，他们已经成功攻克了国内第一高水头的35万千瓦大型水泵水轮机、世界第一大尺寸的17万千瓦轴流转桨式水轮机等核心发电设备装配试验技术难关。他们一次又一次地进入世界水电的"无人区"，如果说跟跑、并跑的时候还有参照物可借鉴，那领跑的时候毫无经验可借鉴。

三峡工程是饱含中华民族百年情结的伟大工程，是国家调整能源布局和促进全国电网联网的重要措施。2003年8月，三峡左岸首台超过450吨的转轮平衡任务也落在了崔兴国及其团队的肩上。崔兴国的团队承担了三峡机组中最为核心的技术——转轮装配制造的重任。三峡左岸转轮平衡任务不仅面临着技术难题，还面临着时间周期短的压力，此外，42摄氏度的作业环境也是一项不小的挑战。在那段时间里，崔兴国和团队顶着夏日的炎热，七天七夜连续攻关，最终攻克了转轮与平衡盖板调整同心的难题，解决了巨型转轮同步顶升的技术难题，圆满完成了三峡首台转轮平衡任务。

那时，付封旗是整个工艺的负责人，崔兴国是工段长。在工艺流程中，最难点是静平衡。当时的一些技术还是从加拿大引进的，崔兴国发现说明书翻译过来后有很多漏洞，他就带领团队自主改造。例如，在静平衡的过程中，千斤顶与转轮机的距离下降多少成为大问题。他们在现场操作时，按说明书下降2毫米，没动，再下降2毫米，还是没动。付工急了，大家也急了。他们决定再降2毫米，一共下降6毫米，还是没动。之前都没遇到过这种情况，急得大家直抓脑袋。此前没有平衡过这么大的转轮，没有任何经验。崔兴国仔细查看了一番，然后很淡定地把付工请到外面，静下心来分析，依然觉得方案没问题。他们派工程师去检查平台有没有下沉，上面连接板的水平度是否确定，后来发现是连接板变形了。找到问题后，解决问题就容易多了。崔兴国赶紧让工程师计算工作应力，按常规超过极限应力的60%，计算结果显示现在只到40%，可以继续下降，当下降到9毫米的时候，成功脱离，大家击掌欢呼。

崔兴国就像一个团队里的“定海神针”，拥有最坚定和稳定的内核，可以给予团队强大的支撑力。付工说，如果关键时候乱了阵脚，后果真不堪设想。

2024年9月，崔兴国参加20年后再回三峡电站活动

经历了三峡左岸技术的磨炼，到三峡右岸技术的时候，崔兴国和他的团队可以独立自主，并大胆创新改进了。可老天就像要给他们更多的磨炼，新的困难又来了。不对，这不是困难，而是灾难。2008年5月12日，汶川发生大地震，突如其来的灾难，给灾区同胞造成了巨大的创伤和痛苦。德阳离汶川仅150公里的距离，偌大的工厂顷刻变形，厂房倾倒，人员受伤，设备损毁。抬眼望去满目疮痍，处处狼藉。眼下，三峡右岸工程交付在即，在时间上耽误不起，仅在地震后的第3天，他们就成了第一批恢复生产的团队。尽管每个人的心中都充满了对地震的恐惧和对家人安危的担忧，但面对大大小小的余震，他们还是毅然决然地投入紧张的工作中。

崔兴国带着他的团队像游击队员一样，躲躲干干，干干躲躲。公司领导担心他们的安危，想让他们停工待产，可崔兴国评估了一下风险系数，他认为在大钢架的房屋下面干活，安全系数更高，即使倒塌下来，生存的空间也很大。这种不怕困难、迎难而上的精神，深深地感染了领导和团队。

他们面临一个重要的问题，因为静平衡的核心在于“静”，而余震又怎么能静下来呢？面对老天的干扰因素，

2025 年 1 月，崔兴国（右二）与徒弟们在完工转轮处合影，庆祝新年到来

大家都没有了头绪，甚至有了几分泄气。崔兴国当机立断，既然静不下来，那我们就对它进行监测。他们采用百分表和水平仪，对平衡底座转轮进行观察测量，掌握其变化规律，通过监测数据的分析调整平衡底座，使其稳定始终处于满足平衡要素的最佳状态。他们不断地测量、记录，通过各种数据分析、研判，最终在余震空当的宝贵窗口期，成功完成了三峡右岸转轮的静平衡工作。

刘闯（全国五一劳动奖章获得者）与崔兴国（右）交流转轮装配技术

在如此艰难的情况下，面对不可抗力，合同的期限本来是可以延长的，然而崔兴国和他的团队拿出了中国制造的精神和中国制造的速度。当他们通知业主可以现场见证转轮平衡的时候，对方都惊呆了。他们居然在如此恶劣的条件下完成了任务，取得了令人瞩目的成绩。这项技术的落地和应用，让我国在巨型混流式水轮发电机组研制方面，实现了从“跟跑”到“并跑”的突破。又一个里程碑式的项目完成了。

从30万千瓦到40万千瓦、45万千瓦、55万千瓦，到了三峡水电站是70万千瓦，溪洛渡是77万千瓦，而白鹤滩是100万千瓦。崔兴国带领他的团队，在无人区一次次突围，突破，超越，直到站在世界最高峰。每一次攀登都是一个地标性的建筑，都是一座丰碑。

第十二章 信任是生产力

付封旗是东电水轮机制造工艺高级工程师，出生于1957年，已经退休，现还是公司的返聘专家，他也是见证崔兴国这一路成长的人。

因为水轮机的工艺方案，是要根据客户的订单要求进行制造、装配，且客户的每一次订单都不一样。这是一个很有挑战的工作。在崔兴国刚参加工作时，付封旗就注意到了这个小伙子。崔兴国善于发现问题，提出问题，还对解决问题发表不同的意见。付封旗慢慢地就对他产生了信任，两个气场相投的人，不约而同地走到了一起。

踏实、诚恳、严谨、聪明，这是付封旗多年来贴在崔兴国身上的标签。在一次又一次的项目合作中，他们经过一次又一次的讨论，从上游到下游，逐渐改进工艺流程，让工艺方案接近完美。

在多年的合作中，他们建立了默契的关系。但凡遇到

崔兴国（右）与付封旗合影

技术问题，第一个就想到对方。无论是白天还是晚上，一个电话拨通，随时都可以交流。他们彼此都能为对方提供有建设性的意见，让共同成长成为一种常态。在他们这里，信任变成了一种生产力。三峡左岸项目中，他们就是凭着对彼此的信任渡过了技术难关，互相扶持，攀登高峰。

他们俩都是把单位的事情当成自己家的事情来做，埋头钻研技术，自带天然的灵敏嗅觉。这或许可以叫作天赋，再加上他们的勤恳，把“天道酬勤”这几个字用在他们身上最合适不过了。他们在做黑麋峰项目时，2.8 米的球阀，又是第一次做整体结构。在做实验的过程当中发现很多问题，客户和监理都很着急，项目在催进度，监理在找责任，每天都有各种人来找。崔兴国都能平和面对，因为他相信自己的技术，信任自己的团队，且还有一个强大的支撑，来自付封旗。尽管那是一次磕磕绊绊的项目，“一干就是 8 个月”，成了大家心照不宣的痛点和笑点，但这一个项目也成为他们后来起飞的最坚固的底座，就像万丈高楼的坚实地基。

合作了 30 多年，他们早已成为技术上惺惺相惜的伙伴，互相欣赏，互相倚仗。当两个团队中的两个核心力量握手拥抱时，新的合力就更加强大了，强强联合，如虎

2023 年 5 月，国资委领导到东电调研与崔兴国（左二）合影留念

添翼。

新的挑战又来了。2023年6月已在四川田湾河金窝水电站运行的150兆瓦（15万千瓦），是国内首台单机容量最大的冲击式水电机组。西藏玉曲河项目将达到500兆瓦，预计2026年底安装，将成为世界上单机容量最大的冲击式水轮发电机组。

付封旗和崔兴国又开启了技术讨论模式。让信任的力量，装配上水轮机的最大马力，再创新的辉煌。

第十四章 师父，长大后我就成了你

崔兴国从进入工厂至今已工作30余年，从一名学徒变成了师父，再到如今的大国工匠。从小崔变成老崔后的称呼，随着他取得的成绩和荣誉在不断变化：崔师傅，崔工长、崔代表、崔大师、崔工匠、崔大爷……每一种称呼都像他曾经和现在穿过的衣服，合身，合礼。

事实上，厂区的工人都是一身蓝色的工装，分辨不出他们的身份，在这里，他们都是东电集团的一枚螺丝钉，在自己的位置上闪闪发亮。谁是谁的领导，谁是谁的师父，谁又是谁的徒弟，在清一色的工装中，就像蓝天融入蓝天，纯净又美丽。

许多光荣的传统被继承了，而另一些传统被创新了。崔兴国从老师傅们身上学到了技术和人缘，并把师带徒的方式发扬光大。崔兴国根据自己的成长经历，总结出结合生产作业的“以干代练”“以赛代考”“交叉带徒”“互为师徒”等培养方式。在他的团队里，每位成员不会只有一位师父，要向不同的师父学习，从而外延和内涵对产品与技术的不同认知，培养全面的技能体系。大家不只关注眼前的工作，还要积极参与各类设备安装工技能比赛，在“比学赶超”的氛围中成长，旨在培养水轮机装配技术的多功能复合型人才。

崔兴国总是把老师傅对他讲过的最有用的话，一遍遍地对新来的徒弟们宣讲。初来时，大家都怕他，结果越想绕开，越被逮个正着。崔兴国一视同仁，让关心与爱心并下，严格与批评同上，每一个徒弟都不放过。到了后来，变成每一个徒弟都不落下，个个成为技术小能手。崔兴国想着要把他建立的人才培养体系不断完善后，企业就会葆有一支源源不断的生力军。这是他的仁厚宅心，也是他的蓬勃野心。

离崔兴国最近的衡宇很佩服师父，他用了一个“高山仰止”的成语来形容师父。由于行业的特殊性，公司的产品个性化很强，就算是同类型的机组也面临着产品结构不同、尺寸不同、工艺流程不同的局面，当有几十台各种类型的机组摆在你面前，每台机组又有大大小小的不同类型的问题等着你来拍板的时候，他总不明白为何师父能在最快的时间作出判断。

在徒弟们的眼中，崔兴国一投入工作就如神附体，专注、准确、毅力、耐心这些词汇都还不足以概括他的优点。放下手中的工作，他又金句频出，站在台上脱稿也能讲上几个小时。每个人都羡慕师父练就的“武功”，师父也想尽各种办法激励他们成长。

平日里，大家的动手操作能力都不错，却是怕动笔头，连写个总结都有畏难的小情绪。崔兴国为了训练他们，就想着法子提出各种要求。衡宇说，他第一次交出的总结惨不忍睹，回头看到错别字，还有那些不通畅的句子，脸上一阵火热。但有第一次之后，就不害怕第二次、第三次了，所谓万事开头难。

有一次是在考核汇报工作中要求用 PPT 展示，衡宇顿时有点蒙，到底什么是 PPT 都还没弄清楚，更别提要自

2018 年 10 月，崔兴国（左）在抽蓄导水预装工装工具创新项目验证中

己弄。可是师父才在会上说："年轻人不光要活儿干得好，还要学会展示自己，不仅要多写、多记、多思考，还要会写、会记、会思考。"衡宇硬着头皮多方求教，又努力钻研，硬是学着做了一个PPT。在会议汇报当天，评委点评他的PPT里都是文字描述，几乎没有图片、表格，内容不够丰富，并建议他如果能通过图片、表格等形式展示可能会更直观，更有效。在下一次评比中，衡宇听了建议并认真学习领悟，最终得了优秀奖。崔兴国比他还高兴，因为他发现徒弟在快速成长，已经进入他设定的轨道中。

后来，分厂为提升行业质量，在崔兴国的主持下，启动了标准作业指导书（SOP）编制工作，包括卡普兰式转轮、抽蓄球阀、导水等多个分装配的SOP编制，崔兴国就把《卡普兰式转轮装配SOP》的编制任务分配给衡宇。经过一段时间的琢磨，衡宇圆满地完成了任务，没有辜负师父的一片好心。通过一次次的动手和动笔能力的培养与塑造，衡宇迅速从一名学徒工成长为一名班组长。

在崔兴国的带领下，刘闯也是迅速成长的班组长，曾获得"全国五一劳动奖章"等多项荣誉。他还把师父举一反三、由此及彼的技术也学得好几手。有一次刘闯在白天遇到工作分配的难题，一时找不到良策，下班后他郁闷地回到家中，看见女儿正在墙上的中国地图上写写画画，在一些城市的名字上画了绿色的圈，在另一些城市的名字上画了红色的圈。女儿说：“爸爸，以前每到假期，你都会带我去玩，重庆、大理、厦门……我给去过的地方画上一个绿色的圈，还有你答应要带我去北京、上海、三亚，现在哪儿也去不了，我怕你忘了，就在还没去的地方画上红色的圈，等你有空的时候，你可要带我去哦！”

女儿的话，就像一道电光闪过刘闯的脑海。他马上想到，地图的经纬就是一个个坐标，如果把工人的技能也画成一张地图，经线表示技能的种类，纬线表示技能的水平，那么在安排工作的时候，什么人能胜任什么样的工作，什么人需要补习哪种短板，不就一清二楚了吗？他的想法得到了崔兴国的大力赞扬，他们仔细梳理了水轮机产品 6 大类型 26 个不同结构的核心典型部套装配过程，细化分解了热装、冷装、测量、选配、消缺、密封、液压等 18 项具体操作技能，以图形的方式建立一个模型，再通过理论教育培训、导师带徒、岗位练兵比赛、岗位认证考试、业务综合评价的循环，建立了职工技能数据库和综合评价机制。同时设置专项激励机制，培养“一岗多能”，通过对综合技能、专精技能、带队技能和解决问题技能的综合评价，让每一个人的长处都能在工作中得到最大限度的发挥。从此，他们不再被安排工作、分配不均的情况所干扰，从人员配置、调整到日常工作安排，确保人尽其才、物尽其用，大家心往一处想，力往一处使，顺利完成一个又一个工作目标。

崔兴国带徒弟希望大家勤，因为勤能补拙，也希望大家可以“偷懒”，还要学会怎么“偷懒”。崔兴国说，“偷懒”是门大学问，绝不是让大家消极怠工、弄虚作假，而是通过对于产品目标的实现方式的改变，来突破制约生产效率低和产品质量不可控的瓶颈，解决产品实现过程中的痛点与难点。

世界上许多技术的发明，正是因为一些“懒人”想从繁重的劳动中解放出来，他们才去思考探寻高效、优质的方法，如洗衣机、洗碗机、遥控机、电梯等。崔兴国工作室经充分讨论汇报分厂，并决定以“技能大师工作室”为载体，联合上序操作者和工艺技术人员，成立一个“懒人”攻关团队，来一次针对“球阀不锈钢堆焊层缺陷处理效率与质量提升”为专题的“偷懒”活动。

那一次头脑风暴，可谓成效显著，15 天的活计，在成功“偷懒”后，变成了 3 天。这使后来那些原本需要通宵达旦奋斗数日的装配工作，变得更加轻松容易。再面对困难时，徒弟们都绞尽脑汁想通过“偷懒”的方式，获得最便利的捷径，这对于培养他们的思维和创造能力，有极大的启发意义。

在完成阜康项目1号机导水机构的主要部套底环交付项目时，留给厂内预装的时间就只有12天，远远低于20天的标准预装期量。简勇深入思考，想通过改善预装工作中的环节，达到提升工作效率的目的。他发现，轴套放入液氮后经过一段时间的热量交换，当液氮不再沸腾，处于相对平静的状态时，也就是恒温后，轴套尺寸将不会再有大的变化。这或许可以作为判断轴套收缩后是否已满足装配要求的依据。第二天一早，他就迫不及待地将这个大胆的想法付诸实践。他把轴套放入液氮后，通过观察液氮受热挥发烟雾的浓密程度，将冻装时间由30分钟减少至10分钟，并观察记录液氮的挥发量，然后进一步减少至8分钟、5分钟、3分钟。最后发现，只要轴套浸泡于液氮1分30秒，液氮挥发量就可以达到最小。可这时能否达到收缩要求，顺利装入轴承呢？

接下来，崔兴国进一步验证：把轴套放入液氮1分30秒后取出，接着进行预装工序。结果发现轴套能够顺利地装入轴承，并达到了装配要求。这个惊人的试验结果，大大减少了轴套冻装时间，32 件轴套冻装加上套筒翻身的配合时间，总共花了半天。

崔兴国大大表扬了简勇，说他让工作效率提升了 60%，液氮用量节省了 62.5%。崔兴国一直倡导的理念是要学会让数据说话，让事实说话，数据就是工作中最宝贵的财富。

崔兴国还以此项目为典型，在全片区开展了“职工先进操作方法命名”活动，建立装配实现方法的创新、奖励、传承机制，旨在引导、激励员工积极参与改进创新的工作中，让普通操作者成为骨干，让骨干成为专家，在骨干和专家的引领下，攻克一个又一个难关，创造一个又一个奇迹。

从这个车间走上领导岗位的大有人在，好几个已经成为崔兴国的顶头上司。崔兴国希望自己的徒弟们有更多的发展空间，但首要前提是要求他们打好基本功，绝不能让高楼大厦建在松软的泥土上。每一个人年轻的时候，都是蓬勃的生命，也是容易犯错误的年龄。试错，是一种宝贵的经验，但如果有一个领路的师父，那可以少走很多的弯路，创造更多更有用的价值。

师父与徒弟之间，徒弟与徒弟之间，难免在工作中会发生这样那样的矛盾。但崔兴国总有一套对付他们的办法。崔兴国为了提高质量和效率，将工作和人员按组分配，在内部形成竞争机制。衡宇和另一位老师傅都当了组长。有一年春节值班时，两个人发生了矛盾，急性子的衡宇上前就给了老师傅一巴掌。他的年龄都做得老师傅的儿子了，这让老师傅很伤心，成了那个春节过不去的结。

崔兴国知道后，隔了几天等双方把火气都散得差不多时，先把老师傅叫来办公室，问问他的身体情况、家庭情况，再问问他的孩子多大了。然后就说：“那个兔崽子居然敢对你动手，真是儿子打老子，不知天高地厚。走，我带你去找他打两巴掌还回去，也真是太不懂事了。”他带着老师傅就要往外走，老师傅一听，想想这个冲动的年龄，儿子的青春期也差不多这样，心就放下了。

接着崔兴国把衡宇叫来，一进门，小伙子知错就改，赶紧向老师傅道歉。小的敬了老的一尺，老的又还了小的一丈。这下，两相都舒坦了，二人握手言和。

事情的原因是，老师傅所带那一组安装的水轮机上的叶片和转板没有调好，导致金属发生摩擦，叶片研伤了。衡宇一生气就说了老师傅几句，觉得他是一个老师傅了，怎么还能犯如此低级的错误，一个嘴里出姜，另一个嘴里出蒜。衡宇年轻气盛，没控制好自己的情绪就出手了。

经崔兴国这么一调和，所有的怨气都烟消云散了。崔兴国总是尽力地给他们一些压力，让他们把压力变为动力。他常常拿王进喜说过的话来激励大家：人无压力轻飘飘，井无压力不出油。

有这么一个师父，每一个徒弟对新产品时时葆有一颗敬畏之心，如履薄冰，一步步去验证它，直到最后能轻松驾驭它。

水轮机厂的每一个人都有自己的师父，不仅有一个还有多个。熟悉了这一道工序，又要熟悉下一道工序，直到把所有的工艺流程都熟练掌握在胸中。遇到任何问题都能迅速补位，不留一点缺口。

崔兴国说，当年被他重点培养的“五虎上将”，成长成熟期为 7 年。他利用他们性格中的不服气，让他们之间展开竞争。又让他们在一个桌面讨论问题，让彼此发现对方的优点，互相学习。一旦发现有人不认真听别人讲，崔兴国毫不留情地给予批评。现在的“五虎上将”（刘涛、刘闯、陶刚、吴先桐、岳国艳、衡宇）都已成为装配车间的中坚力量。正在成长中的“四小龙”（李超龙、李银龙、龙

崔兴国（中）与他的“五虎上将”

崔兴国（中）与以“四小龙”为代表的青年团队

一溪、颜小龙）又赶了上来。其中2022年才上班的颜小龙上班两年就夺取四川省技能大赛第四名，晋升为技师。李超龙已晋升为高级工。崔兴国相信他们将来都会成为技术一条龙，龙行千里，光芒万丈。

在他们取得成绩的时候，崔兴国怕他们骄傲，不时地要敲敲警钟。有一次他看着徒弟还沉浸在五一劳动奖章的荣誉中，就用开玩笑的口吻说，再不努力就要才不配位啦，忘掉成绩，重新开始吧。徒弟们被他一激励，就赶紧努力钻研，生怕自己在各种技能技术比拼中掉队。

崔兴国认为，一线工人的荣耀，就是平凡做到极致，追求品质卓越，让每个人都有荣誉感。如今的师徒文化已经成为东电集团一道亮丽的风景线，他们把“传帮带”的老传统发挥到了极致。

当年，刚参加工作的崔兴国用了3年时间跟着不同的师父干遍了水轮机所有装配部套的分装。他说，每一个有长处且愿意帮助你的人，无关年龄，都是自己的师父。如今，崔兴国的身上也承载着“师父”二字的重量，他把自己所能看见和感受到的师父们身上的长处与短处加以完善，结合自己的工作经验和成长经历，总结出多种带徒弟的经验，有教无类，因材施教。在他的团队，大家都已适应他的这种沉浸式教学方法。崔兴国一直记得带过他的一位老师傅说过这样的话：师徒传授，要带成一堵墙，牢牢地筑在一起。只有这样，当洪水来临的时候，才可以成为自己的堤。

谈起自己的徒弟时，崔兴国的脸上总是泛起爱意和希望的光芒，就像经验丰富的老农看到丰收的田野。崔兴国希望后来进厂的这些孩子们都能热爱这个工作，不要简单地把它当成一个谋生的饭碗，要从饭碗到热爱。他说：“因为热爱，所以反复思考怎样能做得更好。突破不可能实现目标的快乐，会成为内生动力的源泉。”

“水轮机的发展，需要将大家的智慧和能力集中起来。”在崔兴国看来，徒弟超越自己是迟早的事，他希望他们能发扬优良传统，并创新开展自己的工作，把眼光看得远一些，目标定得大一些。只有这样，才能在竞争中立于不败之地，才能制造出更高质量的产品，也才能在行业中处于领先水平。

大国工匠是一种国家的高度，师父抵达的高度，徒弟们紧跟他的脚步，他们都希望成为像师父一样的人。如今，崔兴国还有几年退休，在他心中有几个未完成的愿望：要推进数字化车间的建设，推动智能制造落地落实。

要编写完善水电装备领域的标准作业指导书、技能培训教材教案，让后人得以站在前人的肩膀上不断前进。要尽己之力持续推动产业工人职业生态的改善，让行业留得住人才，让工人看得见未来。或许这些，他的徒弟们能帮助他接力完成。他已在工作室画了一个圈，只等江山代有才人出。

第十五章 匠心独具，精益求精

工业，是世界文明的火炬，是人类进步的阶梯。从蒸汽机的轰鸣到互联网的脉动，从铁轨的延伸到卫星的发射，工业的发展史就是一部人类不断追求、不断超越的壮丽史诗。而在中国这片广袤的大地上，工业的力量更是被不同行业赋予了新的内涵和使命。

崔兴国，像是他的名字一样自带一种玄机，在“国家兴亡，匹夫有责”的家国情怀中，他用了一生的时间来实践，让自己的名字在中国水电史上留下了浓墨重彩的一笔。从三峡到白鹤滩，从青春到白发，他将个人的命运与国家的发展紧密相连，用汗水与智慧书写着家国情怀的壮丽篇章。

崔兴国说：“我们赶上了中国水电事业发展的好时代，更因为企业的信任和团队的努力，才取得今天的成绩。”水轮机作为清洁能源的重要载体，是技艺与智慧的结晶，更是责任与担当的体现。金山银山不如绿水青山，每一次技艺的突破，都是在为可持续发展和环保生态贡献力量。崔兴国带领他的团队不断追求卓越、勇攀高峰。他们不仅是在装配一台台机器，更是在为人类的未来贡献一份力量。

水轮机制造，是中国工业的一个小小缩影。它作为水电站的心脏部位，其制造过程复杂而精细，每一个环节都需极致的精准与严谨。从设计图纸上的一笔一画，到车间里每一次精密的加工与组装，无不凝聚着匠人们的心血与汗水。他们是真正的艺术家，用钢铁与智慧，在冰冷的机械中雕刻出生命的律动，赋予水轮机以灵魂。

工匠精神的核心在于匠心独具，精益求精。崔兴国深知，只有不断挑战自我、超越极限，才能在技艺的道路上不断前行。在水轮机制造的每一个环节中，他们不断挑战

2018 年 3 月，崔兴国参加中华人民共和国第十三届全国人民代表大会第一次会议

技术极限，力求将每一个细节做到极致。因为他们知道，哪怕是一个微小的瑕疵，都可能影响到整个水轮机的性能和寿命，进而影响到电力供应的稳定与安全。他们必须一丝不苟地对待工作，用近乎苛刻的标准要求自己，确保每一件产品都能经得起时间的考验。

技艺的传承是工匠精神得以延续的关键，崔兴国不仅是一位技艺高超的工匠，更是一位乐于传道的师者。他毫无保留地将自己掌握的知识技能和诀窍传授给团队成员及身边的青年人，把“传帮带”这一优良传统根植在他的团队中，用无私和宽阔的胸怀，推动一个行业的发展。从跟跑、并跑到领跑，每一步都走得坚定有力。他用自己的热情和执着，培养出一批又一批高素质技能人才，为水电事业的发展注入了新的活力。

崔兴国在水轮机制造过程中秉持“造一座电站，树一座丰碑”的理念，他也给自己的团队树起了一座精神丰碑。他的徒弟衡宇说：“我们一直都在跟着师父跑，要达到并跑和领跑，这是高山仰止的事情。”因为师父对产品设计理解的深度、海量的专业知识储备、无死角的知识面和对问题的快速响应能力，这一切都是成为“大国工匠”的底蕴，徒弟们能跟上就不错了，而崔兴国总是希望他们

2021年6月，葛洲坝转轮改造完工，分厂全体员工合影留念

能青出于蓝而胜于蓝。

大国工匠精神是中国制造的灵魂，是推动产业升级的重要力量。在水轮机装配和制造领域，崔兴国带领他的团队用智慧和汗水铸就了一个个世界级工程，为中国制造赢得了世界尊重。无论在哪一个岗位上，崔兴国都以精益求精的工作态度，做好当下的每一件事情。他的故事告诉我们：只有不断追求极致、勇于挑战自我、坚守初心和信念，才能在技艺的道路上不断前行；只有将个人的梦想融入国家的发展大局中，才能在实现个人价值的同时，为国家和社会作出更大的贡献。

“大国制造”，这四个字不仅承载着国家的荣耀与自豪，更凝聚着无数工匠的智慧与汗水。从古老的“丝绸之路”到现代的“一带一路”，中国制造始终以其精湛的工艺、卓越的品质赢得世界的赞誉。如今，“大国制造”已不仅是产品的代名词，更是一种精神的象征。它代表着精益求精、追求卓越的态度。正是有一个个栋梁之材支撑着国家各行业的迅速发展，才铸就了东方大国的崛起。据说，在中国古建筑的理论和实践中，真正能成为栋梁之材的树木，一定是长得慢的，最好生在偏冷的地方，这样才能让树的年轮长得紧密结实，也才有资格被当作主梁。那些长得快的，只能做边角料。三十余年如一日的坚守，崔兴国带着他的队伍用一颗工匠之心，在小小的活动半径上画了一个大大的圆。从这个圆心出发，点亮万家光明。他们已经成为这个行业当之无愧的栋梁之材。

从火光时代到电光时代，在百年未有的大变局中，我们有幸看见。一根线，一滴水，一缕光，串联了文明的符号。所有的符号后面都站着一群孜孜不倦攻坚克难的人，他们自律、勇敢、开拓、进取，以摘取星月般的力量，托举着“中国制造”的神话故事。不是在交相辉映的舞台，而是在平凡的工装中，如蓝天般纯净的颜色，是他们永不褪色的初心。

正是有千千万万个不同行业的工匠，在自己的岗位上，以发现、发明、创造之光，推动人类文明的进程。他们在晨曦初照时，和着阳光的清辉，专注于工作。他们又在星光满天时，带着一身的疲倦回家，滋养明天的力气。把热爱写成赞歌，把青春谱成乐章。

个人的力量是渺小的，当他们汇聚在一起就会成为大江、大河、大海。这是共和国发展的基石，这是“中国制造”的力量。

2024 年 1 月，崔兴国（右二）参加大国工匠走红毯仪式活动合影留念

砺初心、铸重器！把平凡工作做到极致，把极致的工作做到伟大。创绝技、铸精品！把工匠精神坚持到底，以工匠精神铸就中国水电伟大工程。

崔兴国把这句话当成座右铭，带领团队在追求卓越的路上一直前进。

采访的行程结束时，我也在“大国工匠”的能量场中，获得了一些勇气和力量。崔兴国取得的成就与成功，这一切的开端，只是源于他“掌握一门技术以谋生”的朴实愿望。我想，正是因为他秉持着对一件件细微小事认真负责的态度，在不断的坚持中养成良好的习惯，才能结成一树树硕果，最终有了成功的光环。

平凡如同你我，都曾经想“爱一个人，择一城终老”，让情感的归宿饱满而动人。在事业中，我们可否也想“择一事，终其一生”，因为崔兴国的故事告诉我们：路虽远，行则将至。

回程时，机舱外白云卷起千堆雪，在虚无的太空缔造了另一个世界。如入梦幻之境，辽阔、壮美、豪迈。东坡先生的词顿上心头，“大江东去，浪淘尽，千古风流人物”“江山如画，一时多少豪杰”。所谓行行出状元，每一位状元的身后，都有鲜为人知的努力。有太多英雄豪杰的故事值得书写和怀念，正是他们推着历史的车轮，载着一代又一代人迈向新时代。想到这些，我的内心就充满了崇敬之情，这是一个普通人对于梦想的另一种诠释。

后 记

离开采访现场数日了，车间的钢铁碰撞声与机器轰鸣声，仿佛还是耳畔独特的背景音乐，崔兴国就站在这乐章的中央，他演奏着最明亮的主旋律，专注而沉稳，娴熟而生动。而他的徒弟们，就是这首曲子的各声部，是他们赋予冰冷的钢铁以生命，是他们铸就了大国制造的神话。

匠心，是板凳敢坐十年冷的专业态度，是深耕行业将细节做到极致的完美追求，是坚守初心的职业操守，是懂担当敢奉献的敬业精神。是的，崔兴国也曾是个对未来充满憧憬的年轻人，面对艰苦的工作环境，他也曾有过迷茫与挣扎。正如无数个平凡的我们，曾经走过的那些充满忧伤和坎坷的路，有的人放弃了，有的人一直坚守着。而崔兴国凭着对技艺的热爱，不断追求卓越，从一名普通的工人成长为大国工匠。最难能可贵的是，他还带着一支像太阳一般的队伍，把工匠精神发扬光大。

小时候，我听大人们说得最多的一句话是“荒年饿不着手艺人”。所谓手艺人，也就是匠人。四平村因为盛产竹子，也就盛产篾匠，几乎每一家的男主人都是一位好篾匠。他们田地里忙完后的空闲时间，大多在竹林里。砍竹，划篾，编织。一个个大箩、中箩、小箩、花箩，被安放到大大小小的孩子们身上，参加不同的生产劳动。除此之外，还放到市场上去换盐巴钱，甚至在荒年的时候，翻山越岭地去贵州换粮食。

篾匠，是我最早接触的匠人。此外，还有木匠、泥水匠、砖瓦匠。入冬农闲时，他们被附近村落的人请来请去，好酒好肉，划拳猜令，好不热闹。也有走村串户高喊着“修伞、补锅、配钥匙”的匠人，他们在一根扁担里变着戏法。小孩子们对于技艺的好奇，便是想模仿。那些麦秆、竹竿、瓜秆、棕叶、松毛、烟壳，在一双双巧手中，变成麦菱角、蜻蜓、长虫、鸟笼、花篮、篱笆。当我在书本上看到“匠心独具”这 4 个字的时候，顿时就想起了村里那些不同的匠人，他们曾用一双双巧手归顺过我们的日常生活。

升不了学的孩子们，大多学门谋生的手艺。男孩子出路广泛，女孩子也得掌握做豆腐、捂白酒、做女红的技艺，仿佛这样才能跟“贤惠”沾边。土地上的称雄与守雌，便以这样的方式成为一种自然秩序。后来，工业文明的光芒照在了土地上，各种技艺扑面而来，三百六十行，行行任我行。那些干一行、爱一行、专一行、精一行的人，更成为“吃香”的代名词。

当我的目光所聚，从村里的匠人投射到伟大工业时代的机械工匠时，像是在星河之间看见最明亮的星，是他们在托举着中国的脊梁，凭借精湛的技艺、坚韧的毅力和无尽的创造力，为国家的发展注入了源源不断的动力。

问渠那得清如许，为有源头活水来。随着时代的发展，工匠精神被赋予了新的时代内涵：它或许不仅是工匠大师特有的殊荣，更是每一位坚守工作岗位兢兢业业劳动者的职业自律。当每一个人都拥有热爱本职工作、做好当下每一件小事的态度时，工匠精神就有了最生动的诠释。那么，家与国就有了最强大的基石。小家安然，大家安稳，才能国泰民安，才是和谐社会。

我深知，我的笔力尚不能写尽一位大国工匠厚重的一生，这只是崔兴国无数个工作瞬间的集合，是他成长史的一个剖面。只愿所见者，能在细微中得到加持自己的能量，让热爱与兴趣向阳生发。

写完后记，窗外正是暮霭与楚天短兵相接时，城市的灯火与天边的晚霞交织出一幅斑斓的画卷。于我，这不仅是对一位大国工匠事迹的记述，更是对一种精神内驱动力的探索。唯愿大国工匠精神之光，烛照我们的世界。

2025年4月